시인이란 날개를 달고

이규진 시집

운명의 수레바퀴라는 샘에서 시를 길어 올리다

청춘의 한숨과 애틋함, 안타까움과 상처의 치유에 눈이 머물다.

긷다 보니 몽글몽글한 희망과 따뜻함, 미소와 추억이 차올랐고

이제는 꽃과 사람과 하늘이, 기쁨과 열정이 샘 솟는다.

다음 편은 무엇일지 알 수 없지만

운명의 수레바퀴의 살처럼 신비롭고 신나는 것이겠지.

시인이란 날개를 달고

이규진 시집

바밀리온

삶에 대한 질문과 답 찾기

내가 살아온 지난날 들에서 만난 사람들 그들과 나의 이야기들은 처음에는 상처의 치유와 공감에 대해서였다. 유독 상처에 나는 심장이 움직였고 블랙홀처럼 사람들의 사연으로 채워도 채워도 갈증을 느꼈고, 그것은 어마어마한 에너지로 내가 쓰도록 또는 인간의 삶에 대한 질문과 답 찾기에 몰두하도록 만들었다. 한때는 타로와 사주의 수비학에서 방법을 찾기도 했다.

그러다가 지나친 사람과 사연에 대한 관심이 좀 식어가면서 성장이 시작되었다. 내 안에 드디어 몰입하게 되었고 외로움의 고통에서 비로소 해방된 것이다. 물론 당연히 삶과 인간관계도 동시에 그런 방향으로 바뀐 전제가 있었기에 가능했던 일이다. 그러기를 몇 달 정말 소나기처럼 시가 쏟아져 나온 뒤, 어느 날 인생이 눈부시게 아름다운 이유를 발견했다. 그럼에도 불구하고 인생은 아름다운 결론을 이미 내리고 있다는 것을 갑자기 깨닫게 되었다. 내가 겪은 모든 시련이 있어 현재의 내가 빛나는 이치와 같다는 것을 알게 된 것이다.

그리고 꽃을 노래하고 자연을 예찬하는 감탄들이 내 안에서 흘러나오기 시작했다. 시를 썼기에 나는 하루도 사랑을 쉬지 않을 수 있었고 수많은 시험과 시련에도 인간에 대한 믿음과 사랑만은 포기하지 않았다. 나의 존재를 찾은 것에는 생각만으로도 눈시울이 뜨거워질 만큼 고마운 사람들의 역할과 사랑이 있었다. 내가 마침내 정말 좋은 사람들을 만났다는 것, 홀로 설 수 있도록 업어주고 닦아주고 응원해준 사람들……

그게 사랑이고 인생이 아름다운 이유이다.

이제 곧 또 샘 솟을 내 긍정의 이야기와 그리고 사랑으로 이루어진 세상에 대한 간증의 도토리들이 내 '생각나무'에서 떨어질 것이고, 이제는 정성스럽게 닦고 가지런히 전시하고 싶다.

2020. 11,
『담현서실』에서 이규진

‖ 목차 ‖

‖ 시인의 말 · 4

‖ 제 1 부 ‖ 운명의 샘에서 시를 길어 올리다.

1. 시인이란 날개를 달고 · 16

2. 슬픈 신화 · 18

3. 시 · 19

4. 뜰 · 20

5. 시 한 수 · 21

6. 뜰 밖 · 22

7. 인생 최초의 봄을 받다 · 24

8. 나와 당신의 새 · 26

    -틈새일지도

9. 어느 사무원의 랩서디 · 28

10. 당신의 우산 · 30

11. 그리움 사랑 그리고... 나 · 31

12. 쏘나타 · 32

13. 국어 선생님 · 34

14. 꿈 · 35

‖제 2 부‖ 사랑과 추억

1. 소나무 아래에서 · 38

2. 숙취 · 39

3. 이별 · 40

4. 내 마음의 우기 · 41

5. 당신과 나의 합당한 거래 · 42

6. 봄비와 만년필 · 43

7. 원두막 소나타 · 44

8. 운명 · 45
   – 아직도 우표 소인한 편지를 사랑하는 족속들에게 바칩니다.

9. 나무야 나무야 · 46

10. 해후 · 47

11. 소년과 꽃 · 48

12. 습격 · 50

13. 일상의 위대함 · 51

14. 가을. 그 이유 · 52

15. 이별 비 · 53

16. 봄부터 가을 언저리 · 54

17. 볕뉘라는 이유 · 56

18. 잘 살고 있을까? · 57

19. 이별일까 · 58

20. 나의 이상형 · 59

21. 쫄깃한 심장 · 60

22. 측은지심 · 62

23. 뉴 턴(new turn) · 63

24. 연애 함수 · 64

25. 남과여 · 65

26. 인연 · 66

27. 해후 2 · 67

28. 어느 겨울날의 단상 · 68

29. 신분 차이 · 70

30. 타오르지마 · 71

31. 잠시 클래식에 미친 여자의 변명 · 72

32. 아름다운 악마를 만나다 · 74

33. 오수 우체국 아가씨 · 76

34. 햇빛 알러지 · 78

35. 촛불 · 79

36. 태양이 · 80

37. 강심장 · 82

38. 초록 신호등 ·84

39. 편안한 사람 · 85

40. 추억 · 86

41. 청춘 · 88

42. 금빛갈기앓이 · 89

43. 끊어진 대물림 · 90

44. 엄마의 자개농 · 92

45. 가끔 알콜중독자 · 93

‖제 3 부‖ 인생, 그 여정

1. 내가 꿈꾸는 꿈나라 · 96

2. 꿈 굽는 아침 · 97

3. 사랑에 빠지는 것 보다 신비로운 일들 · 98

4. 노멀리스트 · 99

5. 꿈과 나 · 100

6. 꿈과 꿈 · 102

7. 꿈처럼만 · 103

8. 생각을 멈춘 뒤에 · 104

9. 날마다 · 106

10. 호흡 · 107

11. 어느 봄밤의 주절거림 · 108

12. 고백 · 110

13. 거울과의 대화 · 111

14. 렛잇빗 괜찮아 · 112

15. 남녀 상열지사 · 114

16. 은색 사람 · 115

17. 심장병 · 116

18. 길 위의 돌을 만나다 · 118

19. 나의 수호신 · 119

20. 이빠진 동그라미의 후손 · 120

21. 우리를 나무로 만드는 것 · 122

22. 김선생 · 123

23. 어느 이상주의자의 바람 · 124
　　－1993년의

24. 엄지처럼 작은 사람을 만나다 · 126

25. 버스 정류장에서 · 126

26. 외출 · 129

27. 비란 놈 · 130

28. 비가 오는 날 · 131

29. 소주에 취한 날에는 비가 온다 · 132

30. 봄비가 준 선물 · 134

31. 장마를 기다림 · 135

32. 우울한 날 · 136

33. 눈이 부신 날 · 137

34. 노작가의 바다 · 138

35. 유신론의 이유 · 140

36. 삶의 미학 · 142

37. 가을 볕 · 143

38. 소주와 이별할 수 없는 이유 · 144

39. 유리알유희 · 146

40. 가을 맞이 · 148

41. 봄봄봄 · 149

42. 장마철 연가 · 150

43. 장마라는 인과 · 152

44. 그래도 인생은 아름다워 · 154

‖제 4 부‖ 태국에서

1. 무라에게 · 156
   – 가난해도 낙천적인 알콜중독자, 죽음을 기다리는 삶도 매이뺀라이.
위트를 잃지 않았다.
2. 어쨌든 하루도 사랑을 쉬지 않았다 · 159
   – 태국을 못 잊다
3. 끄라비 주말 시장 · 160
4. 아오낭 정착기 · 162
5. 끄라비를 만난 날 · 164
6. 끄라비 사람들 · 166
   – 내가 사랑한 뷰
7. 끄라비의 추억 · 168
8. 세상에서 가장 멋진 불쇼 · 170
9. 넝싸우 · 172
10. 아오낭의 소쩍새 · 174
11. 행운의 컵 · 175
12. 누군가의 생명이 된다는 것 · 176
   – 바닷가에서 샛별 낳기

13. 애꾸눈 오토바이 택시 기사 · 177

14. 태국이야기 · 178

   – 제임스에 대한 회한

15. 엄마같던 끄라비 쿤야이 · 180

‖ 해설 ‖

박종철(시인)운명의 굴레를 벗어난 존재론적 서정 · 181

제 1 부

운명의 샘에서 시를 길어 올리다

시인이란 날개를 달고

분노가 사라진 나의 뜰에
비가 내렸다

비에 젖은 정원사는
언제나 잘 정돈된 잔디처럼
나를 다듬어 주었다

빛을 잃어가던 시심의 등불을
환하게 밝혀 주었다
더 이상 젖지 않고 살아갈 만큼

성장의 고통을 겪으며
정원을 잊었다 혹은 잃었다

기억에서 사라졌던 정원사는
다시 불러도 찾을 수 없었다

그러던 어느 날
정거장에서 시를 기다리는 그를 보았다

맑은 날인데 젖어있었다

아직도 술병 안에 오두마니
앉아 계세요?

내 방에는 매일 비가 와

아

술이면 어떻고 비면 어떤가.

맑은 날이라 지워진 줄요

좁은 문을 향해 걸으며
정원으로 가는 길을 물었다

그가 가리키는 곳을 돌아보니
시가 있는 그 곳이었다

시간과 공간의 마법일까
그를 만났던 시간이
꿈만 같다

슬픈 신화神話

시라는 날개를 달아준
시지프는
멀리 떠났다

누구든 작품으로만 볼 수 있는 존재
모든 사랑이 글이 되고 고행이 되었다는 전설

늘 행복을
주저 없이 선택했지만
두 가지만 허락되었다

죽음을 직면하는
고독과 순결의 결정차를 마셨고
같은 날을 살아냈다

간구한 것은 사유나 깨달음이 아니었다
놀랍게도 그의 정체는 로맨티스트

시

꿈을 꾼다
잠시 앉아서도 신호등을 기다리며 또는 기다리다가도
그 길을 동시에 걷는다
꿈 꾸며 무의식은 기억도 없는 내게 꽃다발을 보내고 편
지를 쓰고
다친 곳은 꼭 묶어준다
흐린 길 지나 와 현실을 살고부터 꿈을 적는다
꿈에게 답장을 하고
무의식의 강에 사랑의 노래를 흘려 보낸다

뜰

그가 가꾸어 준 작은 숲

정돈되어 있지만

아무 것도 못 찾겠다

계절에 맞는 옷을 입는 정원

나와는 무관한 색들

초라하고 작지만

나의 뜰을 만들고 싶다

내 손짓에 새가 오고

내 노래에 꽃이 피는 곳

시 한 수

이제 술과 당신이 함께 떠올라요.

당신은 나의 술

또 나의 시입니다

시 한 잔 합시다

뜰 밖

시가 문득 머리 위로 떨어져
그것을 주워서 숨도 안 쉬고
써 내려가는 것은

언제나 내게는 신비롭고
신기한 뜰을 지나는 일이다

늘 그건 한 토막이 머리를 치는 일이고
어떤 때는 놓치고 영원히 잃어버리고 만다

그것이 나와의 대화인지 누군가의 선물인지
요즘은 가끔 상대를 느끼게 되는 때가 있다

수십 년 동안 그것을 모른 채 지나쳐 왔는데
아주 간혹 홀린 듯이 몇 편을 끄적였을 뿐

시지프라는 작가를 만나고 쓰기 위해
몸부림을 치면서 비로소 알아채고
우물처럼 쓰면 쓸수록 차오르는 걸 알게 됐다

마음을 열자, 주변 모두가 수호신이 되어주는 신기한 경
험이다

얼마나 주목받고 사랑받고 있었는지 몰라서 눈을 감고 고
개를 숙이고 처진 어깨로 걸어온
수십 년의 길이 같은 길이었음을 ……

인생 최초의 봄을 받다

한여름 장마에
봄이 택배로 온다

설레는 처녀의 마음
볼을 꼬집어 본다

기쁨이 넘실거리고
두근거림이 계속 된다

산타를 만났었구나

봄은 소생과 희망
나는 꽃이었음을
처음 알았다

어쩌면 예수나 부처님일까?
기적의 주인공처럼

꽃으로 산다는 것은
실컷 쓴다는 것 그것이 정말 감사한 일

도깨비나 산신령일지도
도깨비 신부처럼
나무꾼처럼

봄을 받은 자로서
착한 새싹으로
잘 자라야 겠다

나와 당신의 새
-틈새일지도

새벽에 소리내는 새
우는지 혹은 부르는지
아파하는지

슬프게 두드리는 소리가 날 때면
눈을 감는다

내게만 들리는 소리일까?

아주 작은 새 한마리가
내 품으로 들어와
가슴 속으로 파고 든다
눈앞이 흐려진다

눈을 감아도
들리지 않아도
알아챘어야 했다

새는 온몸으로 노래한다
높낮이 없는 비명처럼

한숨 같은 바람처럼
말 걸기처럼

어느 사무원의 랩서디

비에 마음이 젖고
생각은 눅눅해만 간다

그리움이 내린다며
소주병 안으로 들어가던
친구가 그립다

클래식을 듣고 싶다
간 밤의 술동무들은
무얼하고 있을까

지난 밤 꿈이 언뜻 스친다
낡은 전자사전에 메모를 하며
빠르게 타이핑을 한다

비오는 날엔 미쓰리가
조용히 자판을 두드리며
책상 위에 몰입한다

정적을 깨지 말아주기를

뒷모습이 부탁하고 있다

비가 오면
때 늦게 꿈을 찾는지

조용히 시인이 되어
꿈을 적기 바쁘다

당신의 우산

장마가 준 몇 편의 시가
당신을 덮어줄 외투입니다

비 맞지 말라고
그리움에 울지 말라고

당신 덕에 비를 이겼다고 말하는
고백입니다

질기게도 깨작깨작 흐르는 비를
기꺼이 맞아주며

한 방에 넘으리라 생각하며
열심히 조각을 주워 적어 놓습니다

온도가 적당해지고 단꿈 꾸고 일어나면
눈 뜨자마자 써 내려가는 폭우로
또 겨룰 생각입니다

그리움 사랑 그리고… 나
– 나의 시

시절도 당신도 눈부시다는 말 한 번 못 해 보고
사랑하는 이들을 보냈습니다

그리움이 무엇인지 모르고
보고 싶다는 말도 못 해 보고
어른이 되었습니다

어느 날 문득
오래전 그 사람에게 너무 고마웠다며
다른 친구와 술 마시며 훌쩍이고

머물러 지켜주는 사람에게
당신이 있어서 다행이라고
말해 보겠다며
정작 만나면 무뚝뚝

슬며시 시만 건네 보렵니다

쏘나타

삼총사를 읽고
아르미스를 사모했던 여자애가

중학 시절 이후
또 황미나라는 우상을 만난다

그의 작품 속 남자들
그것이 내 학창시절 사모곡의 전부이다

주인공이 죽고 나면
식음을 전폐하고 마음은
삼 년 상을 치를 듯이 곡을 했었다

만화를 그리는 문하생 때부터
만화를 싫어하게 되었다

만화라고는 고작 명탐정 코난의 추리극에나 빠질까 하는
마흔도 훨씬 넘은 중년 부인이 되어
더 이상은 주인공을 사랑하지 않을 줄 알았다

잠시 전국을 흔든 진격의 거인 열풍에 또다시 병이 든다

머릿속을 떠나지 않는 군인
병장 리바이
그 눈빛과 팽이 같은 처절한 춤의 전투
그의 서러움이 파고 든다

내일은 아이라이너를 사야겠다
내 눈가에 그 그림자를 그리고 싶다

죽는 날까지 철없는 날들의 소나타는 계속될 것인가 보다

국어 선생님

시 천 편을 베끼면
곰이 사람이 된다던 작문 선생님
지금은 어디 계실까
시 이천 편을 외워서
안목이 생기셨다며
숙제 검사로 채찍을 드셨던
작가 선생님
그때는 멋도 모르고
시늉만 내고
시키는 대로만 했었는데
시만 심어주신 게 아니고
사는 것과 사람을 넌지시 귀띔 해주신
독서 지도 선생님
그때 우리는 모두 꽃봉오리였고
모두가 시인 지망생이었고
그래서 오늘을 작품처럼 그려냅니다

꿈

그 사람 잊은 줄 알았다

간밤에 받은 편지에
잊었던 가락을
어느새 연주한다

기억 저편에 사라진 줄 알았던
그 곡이 아직도
눈물을

커피에 이슬이 툭하고
떨어지면
마음을 적어내기 시작한다

그림처럼 흐드러진 글자로
사랑을
꿈을

제 2 부

사랑과 추억

소나무 아래에서

긴 여정을 마치고
돌아온 그를

막역한 지기처럼
이름을 불렀다

실타래처럼 풀어놓는
사연과 이유들에

어찌나 몰입해서
들었는지

문이 열린지도 몰랐다
아니 문이 없어진 것을 알게 되었다

꿈을 꾸듯이
오늘도 기다린다

그를 그리고
나가는 문을

숙취 宿醉

쏟아지는 빗소리는
한 무더기 그리움

언제나 다시 볼까
접어 둔 그 사람을

한 웅큼 눈물로
덩달아 꺼내 놓는다

끝내 보따리 속 무언가를 찾아
술을 빌어 두드린다

꿈이었다
가슴을 쓸어 내린다

이별

이제 더 이상 바다는 가지 않아
외로운 모래사장이 날 덮칠 테니까

쿵! 하는 심장
숨소리가 빗장을 건다

몇 번 계절이 바뀌며
그리움에 타 들어간 산천이 울고
구겨진 편지들은 방 안 가득히 흐느낀다

눈이 흐려져도 하늘에게 말 걸지 않기

반듯한 옷만 골라 입어
눈 화장도 꼭 하고

가을이 오는 소리는 참 서늘하네

내 마음의 우기雨期

느닷없이 시작해 뚝 그치는 소나기면 차라리 좋겠다
윤초시 증손녀 던지는 그 돌 맞는 바보 소년의 소나기라
서 문제다
그치는 법을 모르고
직진만 배운 걸음마라 거둘 수도 없다
눈을 못 떼는 이유로
끝없이 마음의 비처럼 그리움이 내린다
맑은 날에는 소주가 내리기도 하고
꽁치찌개는 가슴을 적시며
옛사랑의 노래로 흘러내린다
어디로 갈까 묻지만
이미 너에게 내리고 있다

당신과 나의 합당한 거래

나는 당신의 보물입니다

당신은 내 사랑입니다

나는 있어 주면 됩니다

당신은 나를 빛나게 닦고 안고 떠받들어 줍니다

나는 가끔 큰 소리로 웃고

다른 곳에서는 조용히 지내면

당신이 머리를 쓰다듬어 줍니다

이 지구에 모두가 사랑받기 위해 왔으니

아마 난 당신을 만나러 온 것이죠?

봄비와 만년필

짧은 벚꽃의 만개와 추락이 서러워 비로 내린다

한바탕 쏟아지고 사라진다

태양이 하얗게 달구기 전에
하루살이가 울며 승천한다

만개를 기억하며 술잔을 기울이는 늙은이들은 그런데도
아픔을 짓고 허문다

천억 년을 살아도 여전히 노래하고 울고 웃는다

만년필은 목마 한 필보다 빠르기에 숙녀를 태워 보낸다

하얀 날이 오고 있다
봄이 가기 전
그를 보내야 한다

원두막 소나타

비 많이 오는 날은 아침부터
원두막에서 막걸리를 마십니다
어쩌다 그녀와 단둘이서 마실 때도 있습니다
비는 그치지 않고 우리 사연도 목을 타고 넘어가는 술 따
라 이어집니다

천둥이 칠 땐 그녀가 깜짝 놀라 기댑니다
나는 재빨리 릴케를 이야기하거나 술을 마십니다
꼭꼭 숨겨왔던 여러 추억을 비만 오면 실타래처럼 풀어
놓습니다
하지만 정작 내 마음은 말할 수가 없군요

무섭게 비가 오는 날 아무 말도 들리지 않을 때나 살짝 말
해야겠습니다
말귀 어두운 그녀는 되묻겠지만, 반복은 사절이라고 미리
말하면 됩니다

원두막 막걸리는 천상의 열매로 빚은 듯합니다
비 때문인지 그녀 때문인지 혹은 취해서일지도 모릅니다

운명運命
– 아직도 우표 소인한 편지를 사랑하는 족속들에게 바칩니다

그날은
그를 알아보지 못했습니다

그를 만났는데도
한숨만 쉬고 있었습니다

한숨만 쉬다가
땅만 쳐다보느라 얼굴도 보지 못했답니다

내 한숨인지 그의 담배연기인지
눈앞은 흐릿하기만 했어요

하늘이 열리고 구름이 춤추고
온 산이 들썩거리는 것도 모르고

계속 발끝만 쳐다보고 있었답니다

후에 온몸의 상처가 알려 주었습니다
그 대단한 운명이라는 것을요

나무야 나무야

언제까지 자라지 않는
나무를 선물 받았다

내 영혼이 아플 때마다
나무를 나무랐다

신에게 가버리면 어쩌나 두려웠지만
멈추지 못하고

결국 하늘로 보내 버렸다.

컴컴한 거리에
먹구름이 비로 쏟아져 내렸다

어느 날
거울 속에 나무가 있었다
눈물을 닦으며
비로소 내 지친 뜰을 가꾸었다

해후邂逅

알아보는 것은
무의식의 강에서 오는
빛이다
이유 없는 끄덕임
편안함이고
눈을 못 떼는
그리움
세월의 탓 없이
받아들이는 익숙함
기나긴 여정의
응답일까

소년과 꽃

하늘에서
별인지 꽃인지
어느 봄날 지나가는
소년을 덮칩니다
달아나고 싶었던 소년은
동그라미를 그려 줍니다
넌 내 꽃이야
말이 통할 리 없어
그냥 꽃이야
좀 더 피어서 집에 가겠지
소년은 고기를 잡고
다시 세월을 마시고
원을 그리고 놉니다
슬며시 물을 주며 바라봅니다
그냥 꽃인데 왜 이렇게 아플까
눈에 안개가 끼어서
소매로 훔쳐냅니다
낚시도 안 하고
소년은 이제
시름시름 앓으며

꽃에 물만 줍니다

동그라미들은 이미

망가지고 부서지고 또 지워집니다

꽃이 앉은 자리만

다시 그려 줍니다

소년은 어느 날부터

동그라미를 그리지 않습니다

꽃을 원망하지도 않습니다

그저 원에서 나온 것을 알게 됩니다

꽃의 동그라미도 지우고

꽃의 동그라미가 됩니다

습격襲擊

삼십이 넘으면 아프지 않아

평범하고 행복할거야

어른은 흔들리지 않아

느티나무야

그늘만 되어주고

그리움에 숨차지도 않아

그러나!

오십이 되어도 일어나고 마는

이상한 일들은

하늘에서 비가 내리거나

아이들이 운동장에서 뛰는 것처럼

버스가 정류장에서 멈추거나

드라마를 보며 아이스크림을 먹는 것처럼

아무 일도 아닌 것이 시작되고 맙니다

일상의 위대함

사랑에 빠지거나
그리움에 숨이 컥 막혀
칠흙같은 집착의 굴레에
갇혀 있을 때
다 버리고 싶을 만큼
너무 아프다
비명도 못 지르는 흐느낌이
마침내
스스로를 부수고 만다

가을, 그 이유

계절의 속삭임은
미련 떠는 마음에
때를 알리는 게지

큰 맘 먹고 산 여름 옷인데
모두 벗기는 힘들어
그래, 외투를 사자

찬바람에도 꼿꼿이
하늘하늘 빛나는 스커트를 입던 나는
아파서 눕고 만다

그제서야 봄이 간 걸 알아챘다
눈물이 뚝뚝. 콧물도 훌쩍거리지만
그냥 감기야

이별離別 비

뜨거운 여름이 갔다
금 간 도자기 그릇의
요란한 부서짐처럼
마지막 수명까지 다한 것
스산한 바람 불고
찬 기운 돌면
다시 분주히 울고 웃겠지
눈 내리고 꽁꽁 얼기까지는
내내 기쁘고 슬프고 하겠지
오늘 내리는 빗줄기는
아직 따뜻하다

봄부터 가을 언저리

꿈에서 돌아와 보니 들국화가 기다린다
바다로 오라는 작은 편지지도

꿈에 걸은 꽃길은 봄
지금은 겨울을 입에 문 가을비가
추적추적 내린다

집에는 잊고 있던 식구들과 옛 친구가 몇 명 부산하게 다닌다

상실감과 기쁨이 함께 밀려와
호주머니 속 별을 만져본다
아직도 반짝일까?

잔치가 끝나고 그는 늘
담배를 피웠다
광주리 안에는 새 별들이 소복히 내려
가을벌레처럼 속삭였다

무엇이 가고 왔는가
무엇을 잃고 얻었을까
누가 왔다 간 흔적인가

잘 하지도 못하는 정돈을 하려다
문득 든 펜으로 편지나 쓰자

당신은 자운영 꽃
나는 채송화
들국화는 만나지 마세요

그리고 한참을 책을 본다
다시 꿈길이 보일 때까지

볕뉘라는 이유

왜 볕뉘야?
응 희망을 주는 작고 질긴 빛이 좋아

볕뉘의 홀은 가장 음습한
곳에 갇힌 천사를 첫 번째로 알아본다

내게도 그랬다
작은 화이트 홀은 직관적으로 나를 뚫었으며

습관적으로 내 속 마음은
도주를 계획하고 있었다

빛의 세계의 파계이며
새 바람의 신...

작은 비춤 하나로
어둠 속 신이 되었다 한들

약하고 여리고 아픈 빛일 뿐이다
그래서 사랑스럽고 어여쁜

잘 살고 있을까?

산다는 건 지우고 또 사는 일
많이 살다보면 대개 다 잘 잊기도

기억을 없애고 또 잃는 것이야
늘어 가겠지

가슴 저 한 켠에 만약
켜켜이 쌓아 간다면

억만 장이 될 수 있어
억장이 무너질거야

물론 추. 억. 이지만

이별일까

쏟아지는 비에 둑이 무너져
하나씩 쌓던 나의 성은
밀려오는 산사태에 사라져 버리고

폐허에서 다짐한다
짓지도 울지도 않으리라

하늘의 반짝이는 벗이 눈물을 닦아준다

또 한 차례 비가 나를 둑의 파편 속에 묻을 것처럼 내리더
니 말하기도 싫다는 듯이 입을 다문다

비가 그치고는 괜찮을 것만 같았던 내 안의 샘에 금이 가
고 있었다

밤이 되고 별빛을 이불 삼아 땅에 누우며
차라리 비가 오기를 바란다

나의 이상형

어릴 땐 청소 잘 하는 남자가 이상형이었고
아이를 혼자 키우는 엄마가 되고는
착한 남자를 만나 살면서
함께 김치를 담는 것이 내 꿈이었다

착한 남자들이 무수히 지나쳤을까?
김치를 일방적으로 담아주던 남자가 있었을 뿐.

보통의 통 큰 여성의 삶은 내게
전쟁이었고 여전히 살림은 젬병

지금 김치 담자고 하면 나는
질색할 것이다

자도 자도 졸리고 무너진 담장을 고치고
때때로 술도 마셔야 한다

이상형이 무엇인지 잊고 잃어버리기도,
무엇이거나 거드는 친구가 이상형이 되는 것이
인생의 수순이겠지

쫄깃한 심장

누군가가 그리운 것은
그와 통화하며 심장이 살포시
움찔움찔하는 것입니다
좋아하고 아파하고
슬퍼하는 것이
심장의 움직임 박동입니다
첫 설레임 때 쿵쿵거리는 것도
믿음과 신뢰로 사랑을
확인하는 것도
심장과 함께입니다
때때로 생각 없이도
말 없이도 사랑을 만끽하는 것은
심장이 있기 때문 입니다
아이가 넘 사랑스러울 때도
가슴 언저리가 찌르르 하고
애가 아플 때는
심장이 아려옵니다
살아있다는 것은

사랑한다는 것이고

호흡하고

심장이 움직인다는 것입니다

측은지심惻隱之心

그냥 널 좋아하는거야

어떻게 살아온 거니

사는 모습이 맘 아파

너의 무엇이 아니라니까

노력은 안 돼

그런 모습을 보고도 널 사랑할 수는 없지만

덤덤한 슬픔

아무것도 해주지 않고 싶은데

측은한 마음에

고민하고 있어

뉴 턴(new turn)

그 분에게 만은 질투를 해 본 적이 없다
그게 사랑인지 무언지는
덜 푼 숙제
그렇다면
감정 중 아프고 힘든 것을
빼버린 삶이
갑일진대
진심의 문제는
함수다
두 축의 어떤 지점

잘 산다는 것
분개를 뺀 정의
아픔 거른 사랑

가능만 하다면!

연애 함수函數

예측불허
동서출몰
신출귀몰
하다
잊을 만하면
이불 속 우렁 각시가 되어 오고
흐릿해 지면
주파수가 잡힌다
내가 떠나온 그 곳 만큼이나
난해한 함수다
하지만
몇 가지를 차단하고
떼어내고
버리고
풀어내면
정답은
오게 마련이다

남과 여

여는 그리움을
손가락으로
남은 다리로
여는 입으로
남은 몸으로
여는 머리 터지게
남은 숨 가쁘게
여는 기다리다 죽고
남은 과로로 죽고

호르몬은 섞이기도 하지만
사내 호르몬 강은
문자나 연락이 연락수단에 불과하고
그리울 때 번쩍번쩍 달려와
나타나구요
계집 호르몬 강은 그리울 때
머리와 손가락 통신수단의
연결 필수
잠 안 자고 생각을 하더랍니다

인연因緣

네가

나를 잃은 것은

자연스럽게 선물이 되었다

어깨의 날개로

곧 날아 올랐다

심연의 시간들이 모두

조작된 내 의식이었던 걸

이내 부정적인 것으로부터 완전한

해제!

닿아있던 모든 얼굴들을

진심으로 사랑하기 시작했다

최고의 완성은

사랑이다, 그 뿐

해후 2

가슴이 안 아팠음 좋겠다
그래서 오랜 시간 그리
눈물이 안 나왔음 좋겠다
이러다 강이 되믄 어떡하지
그래서 그래서 나는 실은
사이보그가 되고 싶었다

어느 겨울날의 단상斷想

이미 눈을 머금은 시린 산천이
허름한 차림의 내게 묻는다
어디를 가느냐고
나는 칭칭 감은 목도리 속으로 숨으며
가쁜 숨만 뱉어낸다
겨울을 걷는 것은 늘 좀 짜릿하다
더운 날은 단 한 번도 짜릿하게 걸을 수가 없었다
지난 겨울들은 언제나 팽팽한 기억으로 남아있다
구십년 폭설에 온 겨울을 하루같이
내내 온 광주를 걸어 다니며
이야기꽃을 피우던 수많은 남자 여자 혹은 동지들은
어디에서 무얼 팔며 살고 있을까
골목에 주저앉아 날을 새기도 하고
어떤 날은 학교 벤치에서 동트기를 기다리던
여러 겨울날 들이
기억이 선명한 것은 너무 추웠기 때문이다
더운 날들은 평화로와서

묘하게 흩어져 버렸다

이제는

이번 겨울엔

좀 늙어야 한다

월동 준비는 할 수 있겠지

신분 차이

연필이 볼펜을 만나
사랑을 나눈다
둘의 출신이 달라
이별한다
함께 할 땐
부드럽고 풍성한 연필에게
볼펜이 홀린 듯 매달렸는데
이별한 후
연필은 지울 수 없는
볼펜의 흔적 때문에
시름시름 앓는다
볼펜은 날이 갈수록
흐려지는 연필 자국을 본다

어느날 연필은 너무
아파서 죽을 것 같아서
볼펜을 찾아가지만
볼펜은 묻는다
누구십니까?

타오르지마

나방은
추락하지 않는다
두마리
나방은
어깨를 부비며
집이 된다
불은 고향이다
사라지는 것은
추락하지 않는다

잠시 클래식에 미친 여자의 변명

소유를 버리는 잠시의 우울감
클래식 음악에 맡기는 나르시즘의 밤
언제부터 혼자였을까요
지금 오늘은 처음입니다
늘 처음이라 당황스러운 감정
자고 나면 포맷됩니다
자려고 머리카락에
소주를 부어 봅니다
머리카락에 밴 술냄새는
손을 씻으며 괜찮아
얼굴을 훔칩니다
지금 너 울고 있냐고
묻지 마세요
아까 그 술이
그냥 볼 타고 미끄러졌어요
엄마가 길 조심 물 조심하라고 했는데
그 말 들었음 좋았을 걸
아니에요

하늘 가신 아빠 보고 싶어서

울어 본 겁니다

효녀처럼

근데요

울고 있다고 저 소문 내지 말아주세요

오늘의 소주는

안주가 좋아서 혼자 마셔 본 거예요

저 그런 사람 아닙니다

아시잖아요

홈즈나 보며 자야겠어요

오늘만 미친년처럼

처녀처럼

그런 여자처럼

아름다운 악마를 만나다

나의 우상이었던 그를 사랑하는 줄 알았지만 잊혀졌고
천사같던 소울 메이트도
친구로 보내고
고작 악마의 포로가 되었어

촌 아낙이 되어
어느 마당에서
빨래를 널고 있었어

그 악마적 아름다움이
그리워 나도 모르는 새
눈물이 툭툭
떨어지고 있었어

그는 내가 그립지 않은가 봐
하지만 절망해서 돌아가려는
나를 붙잡는 득달같은 메세지가
언제나 날 심쿵하게 해

비가 오면 빨래는 걷어야 하는데

알 수 없는 날씨에

오늘 아침엔 안개가 자욱해

내 마음의 희뿌연 근심자욱과
그의 퀭한 눈의 불투명함이
이 도시를 잿빛으로 만들었어

잿빛 거리에서 나는 그에게
정말로 악마인지를 묻고 싶어져

사랑하는 쥬델
붉은 그 입술로 정말 내 영혼을
가둬 버릴건지요

전해 내려오는 전설이 사실인지 묻고 싶어
날 정말 제물로 쓰실 건가요?
아름다운 악마님

*쥬델 : 황미나의 만화 '불새의 늪'에 나오는 악마로 칭해지는 불운한 고아

오수 우체국 아가씨

낯선 곳 오수에서도 우체국 건물은
오래된 체증처럼 무겁다
쉽사리 추억이라 여길 수 없는 힘든 기억들

실은 동네 우체국을 못 가고 오수까지 간 이유도
우습지 않은가
우체국 사람들이라는 시를 썼다는 이유만으로
안도현 시인의 시를 오십이 되어서야 읽은 것도
그랬다

그냥 한 차례 지나간 소나기처럼
한여름 밤의 꿈처럼 그렇게 생각하자

그렇다면 오늘 있었던 일도 달콤한 꿈이어야 한다
꿈처럼 아름다운 기억으로 남은 재회

말간 얼굴에 애티가 남은 반 어른의 얼굴.
이름이 지선이었던가?
진심을 역설하며 울먹이던 신입직원

힘없이 웃는 모습은 지쳐 보인다
한 때는 에너지가 넘쳤을 걸 상상해 본다

아가씨와 차를 마시며
지나온 여정을 같이 꺼내 본다

아가씨는 남편과 아이를 얘기하고
우체국 일이 고단함을 토로한다
정신적 지주였던 여선배가 떠난 이야기도 한다

어느새 우리는 선술집에서 이야기 꽃을 피운다
이제 언니라고 해 팀장은 너잖아
미안하고 반갑고 고맙다고 연신 잔을 부딪힌다

서툴렀던 지난날의 달콤한 인연
아가씨는 시계를 보며 놀라
신데렐라처럼 창구로 돌아간다

나는 아가씨가 손에 들려 준
망고와 딸기를 한 아름 안고
차를 타고 집으로 간다

깨고 싶지 않은 꿈
깨어보니 입술에 딸기쥬스가 묻어있다.

햇빛 알러지

90년 광주의 뜨거운 여름이 내게 준 훈장은
햇빛 알러지
직격탄에 다리를 수술한 문선배나
5. 18 광장에 손가락을 묻은 독문과 선배에 비하면
최루가스에 생긴 피부병은
해프닝에 불과할 뿐
엄마가 기겁하신
검은 딱지로 뒤덮인 목과 손은
1년도 안 되어 곱게 관리되었다
뜨거웠던 만큼 짧아서 치기였다
지금도 해를 보면 내 손이 기억하고
스물스물 올라오는 가려움
다 토해내 치유가 될 듯 한데
왜 허전할까

촛불

프로메테우스의 후예로서
세상을 밝히고 진실을 드러내리라

문이 열리자 훅 덮치는 바람에
숨을 멈춘다

초조하게 촛농이 녹아 내리고
꺼질 듯 말 듯 안타까운 생명이 타들어간다.

복지부동은 숙명인가?
조용히 문이 닫힌다

흔들려야 촛불이다
조용할 때 빛나면 그 뿐

언젠가 횃불이 된다면야

태양이

구름 낀 하늘 뒤 태양은 우울한가
어둠이 드리우면 등보다 못한 빛에
울어서 비마저 더하면 칠흙 같다

91년 광복절 걷고 뛰고 기차를 타는
양 떼 같은 청년들
겹치고 포개고 보듬어 겨우 탄 기차는
필시 꽤 구겨졌을만 했다

기차에서 처음 만난 태양이도 그랬다
구름 밑에 숨은 태양처럼

일요일에 목포에서 학교로 놀러온 날 태양이는
지나치게 발랄했고
다시 본 건 다음 날 전남대병원

진짜 이름은 잊고 싶다
전태일처럼 불이 되어 걸어간 태양이
울지도 못했다

무서워서

세 번 만난 태양이는 슬픔과 우울로 남았다
좋은 세상이 되었어도
욱신거린다

* 박승희 열사 "내 서랍에 코스모스 씨가 있으니 2만 학우가 잘 다니는 곳에 심어주라. 항상 함께 하고 싶다"라는 유서를 남기고 분신하였다.
 *1991년 4월 29일 전남대에서 '고 강경대 열사 추모 및 노태우정권 퇴진 결의 대회' 중 "노태우정권 타도하고 미국놈들 몰아내자"라고 외치며 분신. 1991년 5월 19일 운명

강심장

어렸을 때 내가 되고 싶었던 것은
사이보그였다

흔들리지 않은 마음 아픔 없는 일상
얼마나 촛불 같은 영혼이었기에
그토록 딱지투성이라서
꿈이라도 꾸고 싶었던 것 일텐데

늙어가는 내 모습에 탄성을 지르며
반가웠던 것은
아마도 마음이 굳어가고 있어서다

많이 가혹하게 굴리고 버려두고
살아 남기를 실은 바랐다

'영원한 생명'을 찾아 해매던
은하철도 999의 철이가
그것이 기계가 되는 것임을 알고
조용히 돌아선 장면은

지금도 잊을 수 없는 화두를 던져 주었다

아픔을 환영하고 사랑한다
바람도 내리는 그리움도
아무렇지 않은 것은
사이보그가 되어서는 아닐 듯하다

새 살이 돋고 또 돋으며
굳은 살이 주는 무디고 거친
주름이 준 여유일 듯

초록 신호등

낯선 번호가
뜻밖에 반갑다

싸늘한 마지막은
희미해지고
그리움이 기억을 만든다

단짝 친구가
소원이라면서
사라져간 그들이
한때 짝이었던 걸
왜 몰랐을까

독하게 밀어내고
심장에 비수를 꽂아놓고
사실적인 것은 자유라며
외톨이가 되었다

눈 감고 찾으면
어릴 때처럼 친구가 생기려나

편안한 사람

이제는 아프지 않을 것 같아 영원히
그냥 편안해
불안하지도 않을 것 같아
다사로운 아침 같은
함께 함이
지겨워지지도 않을 것 같아
없어도 괜찮아
언젠가는 만날 수 있을 거니까
내가 문 열고 닫고 그렇게
조절할 수 있을 것 같아
닮았으면서도
아주 다른
편안한 사람

추억 追憶

누구십니까

그사람입니다

아

그때 그

아름다웠던

벚꽃 밑에서

아이스크림

파시던?

아

그럼

완전 슬펐던

그 영화관 매표소

알바님?

흠

제가 원래 그런 사람 아닌데

머릿속이

넘 환해져서

흘러나오는 음악에

춤추며 더욱

밝아지다 보니

추억의 상자도

하얀 빛이 되어버린

모양입니다

행복하면

되는 거죠

미안해 하지

않겠습니다

pardon me?

* pardon me? – (실례를 용서해 달라는 표현) 다시 한 번 말씀해 주시겠습니까?

청춘

서른 되면 쿨해질까
마흔 되면 잠잠해질까
아니
껍질이 초라해질 뿐
마지막 순간에도
심장은 멎기 전까지는
광선을 쏘아댄다
청춘
실로
생명 있음의
다른 표현
이것이
몇십 년 걸쳐
풀어낸
수학 문제의
정답

금빛갈기앓이

꿈을 꾼 것처럼
발이 땅에 닿지 않는다

상승된 삶의 한 자락
나를 도포한 금빛 부스러기

집으로 가는 길은
생명이 있는 곳이라
더 머물 수가 없었다

아름다운 갈기를 혹독히도
앓았더니 부쩍 커버린 듯

혹시나
어른이 되지 않았을까

집에서는 꿈도 꾸지 않고
그저 무럭무럭 크도록
자고만 싶다

끊어진 대물림

허리는 왜 기역자로
걸음은 왜 주저앉고

옛날 어머니들은 대체 왜
평생 그 모양인지

절뚝이며 연탄 갈고
높은 부엌 문턱 닳도록 넘고

곤로에 파전을 부쳐 주시던 새벽 새참 시간
누구 하나 거들지 않던
허리 병상

이제 하다 죽더라도
수술하신다며 기다리시는 어머니

통증이 얼마나 심하면
뜬 눈으로 날을 새고
겨우 쪽잠을 자는 어머니

겨우 한 세대 차인데

그땐 왜 그리

억울하기만 했던 걸까

울어매

엄마의 자개농

엄마의 자개농은
봄의 환경정리에도
굳게 제자리
어릴 땐 몰랐습니다
엄마가 늘 말씀하시는
나 죽거든 치워라
엄마 가시면 나는 어찌 살까요
다 때가 있고 그때는
딸 손을 잡고 또 네가
산이 되어야지
나는 산이 되어 하늘을
우러러봅니다
인간은 땅도 하늘도
섬기며 어른이 됩니다

가끔 알콜중독자

아버지 장례식 이후 오랜만에
삼촌을 만났습니다
사촌도 만났습니다

아무리 간만에 만나도
행실이 여전하여
어젯밤 수업도 취소하고
그립다 달려가
들입다 몰아 마시고
취했습니다

언니 오빠가 떠메다
집에 두었나 봅니다

종일 기억 저편의 일이 두려워
잘 가시란 인사 전화도 못 드리고
문자를 보냈습니다

삼촌의 답장
자식이나 조카나
나에게는 큰 차이가 없다
그들 인생이 얼마나 진지한
삶을 고민하면서 살고 있는가를
읽고 음미할 뿐이다 건강하고 의미 있게 살아라

제 3 부

인생, 그 여정

내가 꿈꾸는 꿈나라

나무로 깍은 사슴과
소유에서 벗어난 사람들과의
나눔이 평온하고 그윽한 곳
무리 속의 그를 보아도
괜찮은 그 곳
낯선 사람과 함께 하자고
거리낌 없이 말을
건네 보아도 되는 곳
모든 아름다움이 공존해도
아무런 아픔이 없는 곳

꿈 굽는 아침

눈 뜨자마자 꿈을 굽는다

아침도 굽는다

간밤에 본 사람들을 모두 가마에 넣고

새로운 향을 넣고 정성껏 굽는다

정한수 떠 놓고 비시던 올 할머니 그 마음

기도를 하고

마지막으로 나를 굽는다

사랑에 빠지는 것보다 신비로운 일들

필요한 것을 주문하고
기다리는 짜릿함
운전면허를 갱신하려고
내일을 눈 빠지게 기다리며
꾸는
새로운 꿈은
오토바이를 타고 장 보러 다니는 것
그리고
직업학교를 다시금
꿈 꾼다
스물 서른에 꾸었어야 할 꿈들을
저축했다가 지천명을 바라보며
비로소
청춘의 정신이 된다

노멀리스트

아침이 두렵지 않고부터

이른 시간에 심심하다

심장이 뛰고부터

세상이 약간 밋밋하다

모두는 이렇게 느긋하게 살아 왔을까?

밋밋한 일상에 맞는

식단을 짜보자

분노는 연간 1회나 쓰는 양념

사랑은 그저 주절거리는 단골 주점

짭조름한 눈물은 때때로

쓰디쓴 미소는 종종

필수옵션은

늘 미지근하게

꿈과 나

간밤에 꾼 꿈이 하루 종일 나를 지배했던
수십 년이 가고

꿈은 이제 다정한 수호신으로만 나를 보러온다

신의 아들딸인 우리 인간들에게 신이 보내시는 연애편지
라는 꿈

꿈을 온통 씻어 흔들어
마주 대한 이후로는

잊어버리고 있던
아주 어릴 적 생긴 트라우마를
새삼스럽게 마흔여섯의 꿈을 통해 아무렇지 않게 꺼내 보
기도 하고

중요한 결정의 순간에는 늘 꿈이 한 발짝 먼저 알려주기
도 한다
이 시간이면 문득 간밤 꿈 자락 치마꼬리가 살짝 스친다
그러나 예전처럼 선명한 영상은 아니다

그 기억이 머물지 않고부터
비정상적으로 둔하던 모든 감각이
살아났다

전에 못 하던 많은 걸 잘한다
서랍 정리 만들기 바느질

원래 잘하던 쌈박질도 요즘은
패배감 없이 상대와 공감하며
마무리를 짓는다

나는 늘 꿈을 꾼다
꿈을 사랑하고 사용하지만
전에 오랫동안 잘못했던 것과는 달리
의존하지는 않는다

꿈과 꿈

일상은 꿈처럼 평화롭고 고요하며
꿈은 실감 나게 다채롭고 선명하다

내가 소풍한 곳들은 최고였다
눈물의 강도 지나
생사의 갈림길에 선
지인들의 가는 길을 보았고

나도 가야 하는 곳인가 수 없이
생각했던 길이고
이제는 가끔씩 심장이 조여와도 두렵지 않다

최고의 소풍
해후의 강을 지나
탯줄처럼 아직도 나를 감고 있는
사랑과 연민과 인연의 장면들을
모든 상상의 수 만큼 지나온 날들

지금 사라진다 해도
여한이 없을 만큼
다시 태어나지 않아도 좋을 듯이
괜찮다

꿈처럼만

늘 꿈에 당신과 대화를 합니다
꿈에 대한 얘기도 합니다

깨면 꿈인지 구분이 안 되는 이야기
옆에 있는 줄 알고 이어 나가기도 합니다

매번 꿈마다 길도 잃지 않고
어찌 찾아 오시는지

하고 싶은 말이 너무 많아서
보고 싶은 시간이 너무 길어서
꿈길을 지키고 있을지도요

너무 그리워하지도
예쁘다고도
하지 마세요

진짜 그런 줄 알면 큰일납니다
꿈 속에서만
공주로 있다가

밭매러 가고
콩잎도 따야합니다

생각을 멈춘 뒤에

더디게 살고 느리고 한가롭다
툭툭 떨어져 바구니에 주워 담던
내 생각의 도토리들은 어디로 갔을까

몸이 유기체라는 것을
잊게 만들었던

그 생각에서 벗어나니
많은 것이 다르다

잠 온다는 생각으로
머리에 무게를 싣고 잘 때와

몸이 알아서 전신으로 숨 쉬듯
자는 것과는 많이 다르다

잠자는 분야는
확연히 몸의 분야인데
생각이 개입되었던 것이
서투름이었고

불면증은 이제 먼 나라 일이 되었다

다만 잠이 자도 자도 좀 부족한
과도기 증상

잠뿐만 아니라 전 분야가 다 그렇다

날마다

똑같은 생각 이런 색깔 정말 처음 본다

나는 누구를 오늘 사랑하는 것도
정말이지 처음 당황스럽다

내 몸은 하루에 한 번 태어난다
매일매일 처녀로 부활한다

오늘 마시는 술은
오늘 밤이 처음이 될 것이다
진실로

오염된 사람들은 이런 말을
잘 믿지 않는다

오늘이 어떤 날과 같다고 하고
오늘 먹은 걸 죽은 어제의 자신이
먹었다고 우기는가 하면

심지어 우리가 매일 처녀인 걸 의심한다

호흡呼吸

몸 전체가 숨을 쉬고 있다
민트향의 숨이
몸을 풍선처럼 가볍게
부풀릴 때
둥둥 뜰 것만 같다
내 몸의 숨 하나 지켜보지 않고
지난 시간 동안
어디에 골몰하고 있었을까
몸과 마음이 내 안에서
비로소 화해하고
서로의 영역을 지키며
서로를 빛나게 하고 있다
수호천사는 옆에서
금빛으로 웃어주며
나는 열어놓은 것들을
제자리에 찾아 넣으며
정돈이 한창이다
자신을 사랑한다는 것은
아주 구체적인 것이리라

어느 봄밤의 주절거림

직진할 수 있는
전제
어라?
하고
계산기를 꺼내는
이유
흠
유독 산수가 싫었던 것이
이래서였어
하지만 반 평생 살고
얻은 진리
남들 하는만큼
이제라도
흉내는 내야
묻히거나
화살을 피할 수 있다는 것
창작도 계산도
머리가 아니라
손끝에서

순간 된다

손이 알고

몸이 방어한다

경계하고

두드리고

간다

방어는 살아야하는

몸부림

계산도

창작도

살아가려는

안타까운

비명 같다

고백

그들이 파괴되는 것을 목격하며
힘들었습니다

지구인으로 사는 것

산다는 것이 늘 이해되지 않았습니다

계산하는 그들을 계산하지 못해서
그들을 참 힘들게 했다는 것을
이제야 봤네요

그러나 그럼에도 불구하고
사랑했나 봅니다

거둔다고 말 뿐인 이별을 하고
또 엮고 엮였네요

여러분
전
사실 외계인입니다

거울과의 대화

널 만난 건
지극한 평화다
말만 나누어도 다 아문다

답답했던 모든 것이
너랑 말하면 웃을 일이 돼

알아듣는 사람이 없어서
앓다가 심장에 먼지가 가득했어

벼락부자가 된 것처럼
벅찬 비밀이 생긴거지

사랑과는 다르지만
더 좋아

달달하며 아픈 것이 사랑이었고
편안하고 또 늘 배시시 웃게하는

거울 같은 친구야

렛잇비 괜찮아

비틀어져 있어도
삐뚜루 해도
그의 역사야

내버려둬도 괜찮아
아파도 틀려도 달라도
그녀의 선택이야

괜찮아
그냥 옆에 머무르면 돼
굳이 만지고 펴주려고 하지 마
다 각자 방법이 있어

괜찮아 내버려둬도
손 내밀 때 잡아주고
요청할 때 지원해주면 돼

도와준다는 미명하에
바꾸려 하지마

정말 괜찮아
다들 살아내는 방법이 있고
가능하면 배우면 돼

괜찮아
이곳은 신비로운 영역이야

걱정할 필요도
서두를 필요도 없어
다 잘 될거야

남녀상열지사 男女相悅之詞

남자가 용맹하니
여자가 곱상해지고

남자가 품으니
여자는 심지어 애교스러워 진다

인간은 우주를 품을 수 있는데
사랑을 해야만 가능하다고

비로소 마음을
다루기도 하고
쓰면서 꺼내고 닦으니
그러하겠지

은색 사람

그는 색을 말하면 화를 내곤 했다

스스로 붉은 땅인 줄 안다
붉게 물들어 표현하는 단풍처럼
화려한 한 때만 살고자

비어 하얀 들처럼 순진무구한
무위가 되고 싶어 한다

정교한 집인 줄 안다
아무도 침범 못 하는

그를 두 번째 보았을 때 나는
여전히 그의 속살을 보지 못했다

원색에 가까운 껍질의 반사에
눈이 부셔 불편하다는
생각이 들었을 뿐

연하고 은빛에 가까워
다치기 싫은 마음일 줄이야

심장병

얼어붙은 심장
어릴 때 놀란 가슴에
희노애락을 꿀꺽 삼켰다
지나치도록 인사를 잘하던 아이
울타리 안에는
거미줄과 풀만 가득했다
모든 이를 사랑하고 싶다며
열린 마음으로 살다가
꿈에서 들려오는 깊은 무의식의 비명을 듣는다
처참하도록 어지러운 정신의 방
허둥지둥 정돈을 시작한다
자르고 버리고 끊고 도망치고
아프기 시작하면 죽을 것 같아
뻔한 불씨도 포기 못해
한두 번은 타버렸다
뜨겁고 쓰디쓴 눈물이 흘러내렸다
각목 같은 것이 명치부터 목 언저리까지
천일을 돌면서 작아지고 끝내 사그라졌다
이제는
그저 슬퍼서 울면서도 보내고
자신도 버린다

마취가 되지 않던 트라우마
수면유도제에
꼬박 하루를 깨어나지 못하던
두려움
울타리 안을 청소하는
지킴이가 되어가며
모두 버린다

길 위의 돌을 만나다

지나가는 길인 줄만 알았습니다
그 색의 하얀 진정성에 멈추고 머물고 싶습니다

깜짝 놀라게 하얀 색
돌은 빛을 반사할 뿐
내 영혼의 색에 물들지 않아서
말 걸기를 시작합니다

돌의 웃음과 흔들리고 싶지 않은
자태 뒤의 한숨과 눈물
믿고 싶은 눈동자를
상상합니다

날이 흐린 날
그 돌을 찾아가
빛이 없는 하늘 아래
그 색을 다시 보아야겠습니다

나의 수호신

두려움이 만든 허상이
신처럼 강림
주도권을 빼앗겨
복종이 우울하기만
허상은 외로움을 낳아
영혼의 집은 북적인다
심장도 조여온다
어느날 평화는
사랑의 감정이 만든
꽃밭에서 찾아 온다
익숙한 모든 것이
빛나기만 한다
어깨를 감싸고 도는 뜨듯함
가슴까지 따뜻하다

이빠진 동그라미의 후손後孫

그건
불문율 였죠
도플갱어 보면 죽는다고
근데 전 믿지 않고 자꾸 찾아 다녔어요

횟수를 거듭할수록 보다
깊어지기도
좁아지기도
넓어지기도
연해지기도 했어요
심장에 가까운 쪽 동그라미에 파고드는
일체감도 있었고
머리가 시원해지는 큰 원을 그리는
박하 같은 유사함도 있었어요
너무 같아서 말할 필요가 없어서
벙어리가 될 때도 있었고
너무 닮아서 쉴 새 없이 조잘댄 때도 있었어요
친구를 밥 먹을 시간도 주지 않고
마구 이야기를 건네던 시간도 있었죠

전 사랑을 찾아 다시
길을 떠났습니다
그 분의 후예답게 모두 내려놓고
데굴데굴

그리고 사랑의 완성을 보았다고
생각했을 때 보고야 말았어요
똑같은 사람, 다른 환경
자, 어찌 될까요?
물론 저는 죽지도 피하지도 않습니다

옷을 갈아입고 다시 여행을 시작합니다

우리를 나무로 만드는 것

종일 내게 물을 줍니다
주고 또 주고
목이 마릅니다
나무가 되어 하늘 된 천정을 봅니다
별처럼 빛나는 등에 부서지는 무늬들

어제의 지인은 몇 달째 만나기로 약속만
했던 술벗
다음 날이 무서워진 한 때의 두 전사는
맥주만 마시기로 합니다
취하지도 못한 술자리가
두어 시간 살아 온 이야기로
꽃을 피우며 이어집니다
배불러 먹지도 못한 안주들을
뒤로 하고
집에 돌아와 죽은 듯이
이불에 몸을 파묻으며
다음 날 나무로 일어날 것을
예견합니다

김선생

김선생은 날마다 사람들과 놉니다
몇 번씩 자리를 바꾸며 술을 마십니다
사람들은 혼자 있기 싫을 때 김선생을 찾습니다
한때는 춤 선생과 연정을 느끼기도 했고
인심 좋게 누님들의 손을 잡아주기도 했지만
취향에 맞는 여인만을 안고 싶어 길을 떠납니다
길을 가다 늙어버린 김선생
이제는 모든 산 것과 죽은 것 죽어가는 것을
읽어냅니다
여전히 술을 먹고 사람들과 쾌락과 행복을 논하거나 떠들며
유쾌하게 살아갑니다

어느 이상주의자의 바람
  – 1993년의

그의 사인(死因)은 봄이었다

늘 그의 삶은 위태로웠으나, 어떤 사람들은 그의 타인과
구별되는 생의 설계도에서 멋을 발견하기도 했으며, 때때
로 인정 많은 사람들은 애처로운 순수를 찾아내기도 했다

그의 사인은 하찮은 삼류 센티멘탈이었다

그는 완전한 세상을 원한다 했고
삶이 체질에 맞지 않는다 했다

한 때 그는 사랑하는 여자에게 늑대임을 고백했고, 모든
몰상식을 기꺼이 실행하고 싶어 했다

그의 사인은 무능력이었다

그는 부적응 했다 한 때 그는 알콜중독자보다 더 술을 마
셔댔으나, 현학을 사랑한다 자처하는 그의 정신력은 곧
그를 무알콜상태로 회복시켰고, 그러자 곧 그는 우울증

환자가 되어있었다
그의 사인은 절망이었다

어느 봄날 그는 데미안을 품고 그의 나라 수도 한 복판의
번잡한 육교 위에서 굴러떨어져 차에 치었다
데미안 표지 안쪽 여백에 그의 유서가 낙서처럼 남아 있
었다

자격지심(自激之心)

엄지처럼 작은 사람을 만나다

아주 추운 날씨라
작은 난로 옆에서 쭈그리고 졸았어
입김이 하얗게 날 덮었어
나도 아주 조그맣게 웅크리게 되었지

오래 기다렸다며 거울 속에서 나온 것처럼
어떤 사람
말 걸기 시작했어

너는 정말 다른 곳에서 출발한
같은 생각의 사람이구나?

응 난 네가 아주 투명하고
꾸밈없다는 걸 알아 봤거든

난 가끔은 아주 뾰족해서
둥근 것이 좋아

그리고 우리는
아주 작아졌기 때문에 자유롭게
인간과 대기 속을 누비고 다닐 수 있었다

우리가 항상 바라 온
뜨거운 것도 시려운 것도 아닌
통한다는 것

그것은 절대 상처를 주지 않는다는 것을
알 수 있었다

각각 다른 곳에서 다른 이유로
같은 것을 추구해 온
작은 사람 둘

아주 긴 길을 걸어와서
이 골목 난로 앞에서
꿈을 꾸다가

비로소 만난
친구였다

버스 정류장에서

내게 사람은 정거장이다
지나온 정거장들이 화려했지만
내가 행복치 않았던 것은 집을 짓지 않아서다

이제 나는 정거장에 때로 텐트를 친다
어느 날은 작은 움막도 짓고 머문다

그리고 어느 정거장은
마음에 담아 봉인을 한다

비로소 환하고 따스한 빛을 느낀다

집 짓고 산다는 것
참담한 스릴이더니
이제야 온기를 알게 된다

외출外出

낡은 싸구려 가죽신이 닳고 늘어져
비싼 새 신을 샀는데 작고 낯설다

큰 맘 먹고 하나 더 샀다
딱 맞는 걸로

곧 내 마음을 알아챘다

낡은 신을 다시 꺼냈다
길들여진 반가움과 안도감

수명을 다 할 때까지는 마저
신어야겠다

비란 놈

직선적이고
다이렉트다
설명하지 않고
보여준다
그 긴 시간
침묵으로
피말리다
한 번에
소나기
키스를
퍼 붓는다
놈
말 없다고
의심하면
못 본다
느끼고
이해하고
해석하라

비가 오는 날

비가 많이 와도
우산이 싫어

택시를 타거나
얻어 쓰거나
빌려 쓰거나
그냥 젖는다

부담스러운 것은
우산이지
비는 아니다

싫은 건 빨래고
두려운 건 감기지
그리움은 아니다

소주에 취한 날에는 비가 온다

새벽 내내 졸다가
아침에 소주 반 컵 마시고 일합니다
감기 나아서 넘 심심해서요
비가 추적추적 내리고 있습니다
손님도 없어요
제빵실엔 늘 소주가 있답니다
천하장사 소시지랑 같이 한 잔 하니
포만감과 알싸함이
딱 표나지 않을 분량
일탈의 흥분이
지루함을 거둡니다
이제 서둘러
커피로 술을 가리고
멀쩡한 척 하면 됩니다
세상에 시인만 있다면
정말 잔인하도록
재미가 없을 것 같습니다.
세상이 아름다운 이유는
섞여 있어서일 것 같으니

감사가 넘칠 수 있을 것 같구요

이제 비는 주룩주룩

크리스마스 이브를

적십니다

감사와 축복이 내립니다

봄비가 준 선물

심야 캐셔
배고픈 새벽
동틀 무렵
인력 인부들
담배 우유 빵 조달하는
눈 돌아가는 시간이
내리 3일
비님 온다는
희소식에
배를 채우며
캐셔는
앉아 졸며
폰을 본다

* 캐셔 : 마트나 편의점 등의 계산원

장마를 기다림

장마는 언제쯤

비소식은

내겐

자유의 신호탄

밤부터 약간의 비마저

내겐 오아시스처럼 반가웠다

기대 이상의 여러 포상이 온다

이른 아침 시간 나는

한가로움을 즐기고 있다

사장님 오셔서

매상 적다

쉬실 한숨이야

난 알바라

동참 안 해도 된다

우울한 날

바람 불지 않는 날은

구름이 낀다

해는 시집 가고

달은 가출

바람이 불어 넣은 심장의 들썩임은

구름에 젖어

심연으로 가라앉는다

내장을 뒤집어 말리고 싶다

우리는 소외된 B동에 익숙하고

모두 병든 왕들이다

신은 죽었다는

루머는 아직

진상규명되지 않았다

신의 부재일 뿐

눈이 부신 날

사는 것이 벅찬 광경이고
있는 곳이 더 절경인 것을
보고도 모르고 살아온 것이
참 낯설다
이렇게 맛있는 삼시세끼를
반 백년이나 먹어 왔구나
내가 취해 온 지난 세월들이
신선이나 만질 하늘과 땅이었다니
바람은 요술이고 푸름은 기적이었다
나는 날고 있었던가?
걷고 고뇌하는 꿈을 꾸면서

노작가의 바다

갈치를 낚으러 바다에 갔다가
이야기만 담아서 왔다
단편 감이라고 주섬주섬 내 놓는다

문어를 잡아서 온 날은
함께 할 지인의 이름을
꼬리표로 달아 얼려둔다

소주의 개울에서 노를 저어
바다까지 다녀온다

새벽이면 깨어 제자의
덜 구운 시들을 둘러본다
포스트 잇을 달아 놓는다

비가 그리움처럼 쏟아지면
창가를 흥얼거린다
강물과 사랑이 떠나간 사연의 옛 노래다

꽁치통조림은 손님이 올 때 끓이려고
두어개를 사다 놓는다
갓김치를 넣을지 배추김치를 넣을지 고민하며

모든 일과를 지나 보내고
글을 쓰기 시작하면 다른 일상이 시작된다

종일 커피 부서지는 소리와
내려가는 커피 소리와 향 뿐이다

쌀보다 담배를 먼저 사고
글이 완성될 때까지 바깥출입을 안하는
노작가

유신론有神論 의 이유

오늘 오후는 소중한
어느 날이 될 것이다

눈뜨자마자 마시기 시작한
수십 잔의 커피는
밥 없이도 일할 수 있게 한다

이미 내 몸 안은 커피색이다
아직은 내 마음대로 살며
이만큼 건강한 것이
행복이다

송년의 밤에 가서
부어라 마셔라 원 없이 마시고
뒷 날 각오한 숙취를 견디고

하루만 버티면 부활된다
아직은 쓸 만하다

나이 들어가는 것이

아직은 부패가 아니고 숙성이니

또한 정말 행복하다

그러니까 신에게

감사하며 하루 일을 시작한다

삶의 미학

그에게서 나의 동그란 부분을
그녀에게서 나의 거친 부분을
나의 깊은 부분을 가진 그녀가
더욱 같다고 느꼈지만
더욱 편해서 즐거울 뿐
또 다른 이의 다른 색이
때론 나를 흥분시키고
그 다른 속에 공유하는 또 무엇
똑같아서 싸우는 그
달라서 배척하는 그녀
같아서 어느 지점은 해방감을
달라서 어떤 축은 안도감을
스파크가 붙는 지점은
어느 축 어느 지점 어느 깊이의
마 ! 법!

가을 볕

싸늘한 바람은 기억의 온도로 다가옵니다

따뜻한 햇살이 살갗으로 파고들지만
나는 아직 추위에 떠는
공룡입니다

살고 싶다가 가고 싶다가 하는
여전한 뜨내기

이 빛을 기억하고 싶습니다
언제든 꺼내면 따뜻한 추억이 되어 줄

쓰고 싶어서 안달하는
시인 지망생으로
유쾌한 웃음으로 하루를 밝혀 줄
사람이 되어

모두에게 빛을 나눠주고 기적을
기다리고 싶습니다

소주와 이별할 수 없는 이유

당신 때문에
부자가 부럽습니다
나 태어나서 처음으로

부자였다면
어젯밤
싸구려
당신을 안고
오늘
종일 괴롭지
않았을 텐데

오늘의 이 시련으로
술이 끊어진다면
그때 당신께
감사하겠습니다

당시엔 천국을 줄 듯이
감기듯이 달래주고

뒤끝 작렬인 당신 정말
치졸합니다

약자의 내장만 더욱
파고드는 독기
당신 비겁합니다

그래서 부자들
당신을 멀리하고
무시하는 걸 알겠어요

내가 가난하지 않았다면
이런 고통을 주는
당신
다시는 마주 안할 것이니까요

실망입니다
열두 시간의 구역과 두통
이게 당신이라니

유리알 유희

아무 생각이 없이 일상의 의무와 권리에 몰입해
살아가고 있음은
행복의 상당한 단계

나는 그렇지 않아요
라는 것은
아직 그렇다는 증거

소리 내어 주장 또는
반목하는 것은
애정과 집착의 표현

너는 어떠하다라는 독설은
지극히 초보
현상학적인 접근이
상대가 스스로 자각하게 만드는 해법

소키의 산파법은
현상학과 탯줄처럼

세대를 뚫고 연결

언급도 생각도
좋은 소식이 아님
있는 대로
보여주고
받아주고
명쾌한 공 넘기기

무소식은 희소식

가을맞이

산이여 푸르름이여
가을을 품은 하늘의
청명함이여

가을로 가기 위해
달려가는 기차에 몸을 실어보면
바람을 잡을 수 있을까 했지만

기차에 바람은 없고
흔들리는 나만 있었습니다

기차에서 내릴 때마다
내 희망을 향한 솟대가 부러져
하나씩 버려야 했습니다

그래서 이제는 걷기만 할까 합니다
불어오는 바람에 그저 실리다
다시 걷다가 닿는 그곳에서
쉬기만 하렵니다

봄봄봄

봄이 온 것도 모르고
문을 연다

"봄을 봄……"
봄은 없다

슬픈 온기가 가득하다
눈이 부시고 눈물이 난다
봄을 볼 수 없다

옷을 갈아입는 나무를 봄
가로수 꽃들이 뛰쳐 나와
터진 것을 봄

봄은 없고 봄만 있다

그 봄이 봄인가 보다

장마철 연가戀歌

먹구름이 드리운 하늘
검은 붓이 바리게이트를
사방에 치더니
쏟아진다

우울이야
울 엄마 품 같은
고향이고
성전이지

아주 낯익은
세상의 얼굴이 먹색이야

비가 오면
손으로 만든 풍선을 갖고 놀아

이제는 모든 것이
반갑기만

천둥이 번쩍
날 부른다

손님맞이
밥 해야겠다

장마라는 인과因果

눈을 감은 하늘
울 것 같은 거리
아! 어느 시인이 작고했을까

눈물이 거리로 쏟아진다
여전히 사람들은
탐욕하고
시기한다

컴컴한 거리에서
욕심 사나운 이빨을 드러낸다

입에 비웃음을 흘리며
어리숙한 새내기 시인은
옷을 털어내며 그 거리를
빠져 나간다

받아들이는 자와
터덕대는 자들의 거리

하나의 빵이 아닌
수많은 빵들을 굽는다

살아야 한다

그래도 인생은 아름다워

하루에도 몇번씩 변덕스러운 사람들은

차를 몰다가 내려서 소리를 지르기도 하고

어느 선술집에서는 우연히 만난 사람들끼리 울고 웃고 노
래를 부르기도

욕심 많은 어린 딸은 샘 많은 친구 때문에 울기도 하고 금
방 또 희희낙락

오랜만에 만난 친구는 알고 보면 예전에 시험 범위를 다
른 쪽으로 알려준 원수이기도 하고

마음에 없는 칭찬과 축하로 사람들은 질투심을 감추고 자
신을 내세우며 신경전을 벌이기도 한다

그것이 인생이고 재미진 한바탕 놀이라는 것을 알고부터
인생이 참 아름답다

백지가 가장 슬프다

제 4 부

태국에서

무라에게
 -가난해도 낙천적인 알콜중독자, 죽음을 기다리는 삶도 매이뺀
라이. 위트를 잃지 않았다

태국은 겨울도 찌는 듯이 더운 날씨라 히마는 이룰 수 없
는 소원과 이상향이라지

세상이 비행기로 하나가 됐지만
추위를 상상할 수 없는 많은 태국 사람들은
비가 오는 날에 종종 털옷을 입고 나오기도 한다며

파타야에서 우리가 본 날씨는
정말 이상했어

추위를 알지 못하는 너와 친구들은
차까지 걷는 시간이 조금 더 길었다면 정말 죽었을지도

늦가을 비처럼 그렇게도 쌀쌀맞았어
내가 힘들지 않았던 이유는
익숙한 추위였겠지

왜 그렇게 파타야 바닷가가 추웠는지
떨고 있던 네가 지금도 걱정이 된다

일행의 생일파티 때 만났던 방콕의 작은 그 술집은 아직
도 있겠지
엉성한 춤을 고쳐준다며 내 손발 잡고 춤 추며 어찌나 웃
었던지 눈물이 났어

동갑이라 금새 친해져서 다음 날 파타야 바닷가까지 동행
을 했던 무라

구운 오리알 찰밥 나눠 먹고 원피스도 사서 입고
물에서 놀다가

찬 비바람이 불고 이상 기후로 다들 추워서 철수를 했어

새파랗게 떠는 네게 숄을 씌워줬는데도 더 심하게 떠는
걸 보고 얼마나 놀랐는지

포켓위스키가 빈 걸 보여줘서 편의점에서 조그만 위스키
285를 사다 주었어

전날 같이 마시며 나도 맛있어 했던 태국 술

돌아가는 차 안에서 혼자서 살아온 시간들과 어느 섬으로
가서 마지막을 준비한다는 네 얘기가 차 안에서 나눈 마
지막 이야기였어

그 후로 정착한 뒤 너를 찾으려 해도 아는 사람이 없더구나
하늘에 있을지도 모르는 유쾌하고 무한 긍정 내 친구 무라
매이뺀라이?

*매이뺀라이 : 괜찮다는 뜻으로 태국 사람이 가장 많이 하는 말. 태국의
정서가 그대로 담긴 말. 괜찮아, 아무 일 아냐.
* 포켓위스키 : 휴대용 술병
* 285 : 가장 보편적인 태국 위스키 중 하나
* 히마 : 눈(雪)

어쨌든 하루도 사랑을 쉬지 않았다
  - 태국을 못 잊다

그 좋은 바닷가와 이국적 정취와 풍경에도
한 줄도 쓸 수 없었다

너무 텅 비워져 있어서였다
그저 배시시 웃고 사람을 안아주고 아이에게 젖 주듯 마
음을 내어주는 것 말고는 아무 것도 할 수 없었다

엄마가 보고 싶었다
가슴에 대못을 박고 집을 떠났으면서도 전화기를 붙잡고
매일 이야기를 늘어 놓았다

아무 경계없이 나를 사람들에게 내어놓은 것
그것이 태국 사람들의 마음을 얻게 했고
또한 꽤 많은 한국인들이 스쳐갔지만 누구도 머물지 않은
이유이기도

끄라비 주말 시장

주말의 소박한 나들이
작은 장을 서너군데 거치고도
매주 열리는 끄라비타운의 시장을 또 찾아가 논다

훅훅 열기가 한 번씩 지나가는 날씨에
입구에는 온 몸에 페인트를 칠한 아저씨가 웃고 있고

손바느질한 가방이며 소지품들은
나를 기다렸다는 듯이 반긴다

악단이 공연을 한다
알만한 얼굴들은 모두에게 눈을 맞춰 인사해 준다

맞은 편에는 서커스를 하는 부녀가 어김없이 단장을 하고 있고

본격적인 먹거리 시작은 철판 수제 아이스크림 앞에 줄
선 사람들이다 기다려서 먹을건가 지나갈 것인가
멈춰서 고민한다

그리고 전구지와 튀김 과일쥬스
즐비한 바베큐와 맥주

볶음 쌀국수에 솜땀등 태국 음식들
모두 손짓하지만 눈만 맞추고 지나친다

무대에는 노래하는 사람들 초대가수 학생들의 춤과 공연
언제나 아마추어의 설레임과 꿈이 보이고

가장 끝 쪽에는 옷 장사들
각종 소지품과 액세서리 가판대
가장 인내가 필요한 지점이다
모른척 하고 가려는데 늘 옷이나 머리핀이 내 소매를 붙
잡는다

못 이긴척 하고 보고 또 보고
눈에 선한 그 광경들이 어제 일 같다
가판대 아주머니의 커다란 눈웃음이 나를 부르는 것만 같다

*쏨땀 : 파파야와 게로 담은 태국의 김치 같은 음식

아오낭 정착기

끄라비 타운을 떠난 건
휑한 것이 싫어서였다

몬테쏘리계 국제학교 근처에는
작지만 분홍색 페인트가 칠해진
예쁜 오두막들이 많았다

이삿날을 잡자마자
해를 본 날을 기억 못 할 정도로
억수같이 비가 쏟아지기 시작

캄캄하고 축축하고
번쩍번쩍 우르르 쾅쾅 하는
우기를 호텔에서 보냈다

자동차들은 바퀴까지 잠겨서도 잘 헤엄쳐 다녔다

이층으로 모두 방을 옮기고
점점 지쳐갈 무렵

비는 멈추고 해가 비쳤다

모든 걸 말리려는 듯 강렬하고 뜨겁게

이사할 집에 가보니
반 이상이 잠겼다 빠져서 흙밭이 돼있었다

다행이다
잠기지 않는 집을 얻기 위해 우기를 지났구나

끄라비를 만난 날

못 다 이룬 꿈을 이루리라
설레며 날아간 끄라비

터전이 되어 줄 식당이 되어 있다던 곳은
휑한 바람이 불어오는 시멘트 건물

안정을 찾을 줄 알았으나
미아가 돼 버렸다

아들과 손을 꼭 잡고
6개월 된 뱃 속의 아이를 안았다

물을 살 줄도 몰랐다
영어가 안 통하는 나라일 줄이야
대체 어디에 도움을 청해야 할까.

개들은 왜 거리를 활보하며
우리를 위협하는 것인지

날은 뜨겁고

햇빛에 녹은 아이스크림처럼

세상이 하얗기만 했다

* 끄라비 : 태국 남단의 청정지역, 섬

끄라비 사람들

– 내가 사랑한 뷰

느닷없이 끄라비 여행사 직원에게 카톡이 왔다
뷰가 연락하고 싶다네요

잊고 있던 한 소절의 노래 가락처럼
뭉클한 기억 한 줌이 가슴 속에 파고 들었다

반갑고 미안하고 눈물이 난다

치앙마이에서 코끼리를 타고 왔다는 긴 생머리에 맨 발의
뷰가 처음엔 예뻐서 좋았다

별이와 나를 태우고 오토바이로 바닷가를 누비고
까이니여우를 먹으며 자매처럼 웃고 다녔다

내 이상한 태국어도 다 알아듣던 총명한 뷰

무섭고 심심하다면
언제든 달려와 준 가족이며 친구였다

돈을 벌고 싶다며 웃던 뷰를
교민들의 태국어 강사로 소개해 주었다

티 한장을 걸쳐도 멋진
자연미인이

진한 화장에 하이힐을 신고
자가용 있는 애인이 생긴 뒤

시집 간 딸 보듯
마음이 저렸다

날아 보아야지 실컷
그래 원 없이

내겐 필요없던 선물받은 명품백을 준비하고 삼겹살을 굽
고 뷰를 초대했다

몇 점 먹지도 않고 남자친구의 호출에 서둘러 떠나던 모
습이 마지막이 되었다
뷰야~꼭!

* 까이니여우는 찰밥과 튀긴 닭

끄라비의 추억

내 두번 째 출산은 그랬다
이미 대못을 박고 낯선 땅으로 가서
산파를 찾아야 했다

끄라비를 만삭으로 누비고 다니며
두려움도 모른 채 즐거웠다

예정일에 맞춰 만반의 준비를 하고
큰 애처럼 5분 만에 낳으리라
기다리던 어느날
닥터 쿤딱을 만났다

거꾸로 누워 노는 별이를 발견하고
바로 수술대 위에서 잠들었다 깨어
갓 나온 별이를 안았다

아이는 젖줄을 틔우려
1주일을 고군분투 했고

아름다운 오지에서 아들과 나와 별이는
같은 옷을 입고 돌잔칫상을 차렸다

* 쿤은 이름 앞에 붙이는 존칭~~씨 정도

세상에서 가장 멋진 불쇼

탄성과 감동으로 북적이는
아오낭 해변의 작은 술집 앞 밤무대

맥주 한 병이 입장료
감동 팁은 히어로의 생계라고

그 불꾼인지 춤꾼인지
사랑하지 않을 수 없었다

온몸의 기름은 불이 훅훅 붙을 때마다
광채였고 리듬이었다

잊을 수 없는
그 행복한 표정

불과 음악과 춤과 하나가 된 남자의
황홀경의 불춤

터지는 함성과

감동의 눈물 바다였다

웨이브 때는 같이 파도를 탔고
불 속에서 돌 때는
내가 비틀거렸다

그 누구보다 환하고 설레게하는
불과 하나 된 절정의 미소

여한이 없어 보이는 춤사위에서
빛이 났다

불쇼는 하루에도 몇 번을
시장에서 바닷가에서 마주했지만

그의 불춤을 본 사람은
다시 밤을 기다린다
꼬깃꼬깃 달러를 손에 쥐고

넝싸우

넷째를 낳고
붓기도 안 빠진 채
청소를 하러 다니던 싸우

커다란 눈에 늘 웃는 얼굴로
이것저것 태국말을 알려주던 친구

찐언니 하고 부르며
오토바이 드라이브 가자며
바닷가에서 찰밥을 사주던 싸우

이삿 날은 다섯 식구가 모두 와서
짐을 날라 주었고

딸 이유식으로 아침이면
닭죽을 사다주기도 하던 싸우

남편은 낚시하고 가장이라던
태국 여인 싸우

한 번 맘을 주면

거두지 않는다던

태국 여인들

밥 먹고 바닷가에서 놀고

드라이브 하고

서툰 태국어로 수다 떨던

내 친구 싸우

* 넝싸우 : 여동생(넝은 아랫 사람, 싸우는 여자란 뜻이며, 시에서 이름)

아오낭의 소쩍새

바닷가의 나무집
작은 베란다 앞에 늘 큰 달팽이가 놀러오고

어느 날은 사마귀와 전갈이 싸우고 있다거나
해질 녘이면 썰쭉썰쭉하고 온 동네가 울리게 소리 지르던
이상한 새 소리

내 딸의 젖먹이 때와 겹쳐 떠오르는 끄라비의 모습들

우리를 구원하는 것은 늘 곳곳마다 있던 세븐일레븐

집 앞에 장이 서면 같은 풍경 같은 먹거리를 지겹게 순례하고
한 번씩 찾아오는 집주인 망락씨 마저 그리 반가웠던 곳

누구랄 것도 없이 모두 그립기만 했다

삼십년 전 지인을 수소문해 뜬금없이 전화를 걸기도 하고

썰쭉썰쭉 울던 새소리에 한 번씩은 딸을 안고 눈물을 훔치
기도 했던 그 베란다가 지금 왜 이리 그리울까

행운의 컵

예쁜 컵 떨어뜨려

울상이 된 딸

물이 안 새잖아

괜찮아 아가

귀퉁이가 깨졌어도?

그럼 더 좋은 일 생기지

오래된 컵을 만나는 기쁨을 알려 준

뿌 선생님

방콕 어느 호텔 옆자리 여류 작가에게 기쁨의 컵을 말했더니

무슨 막된 나라냐며 놀랐었는데

가난일까 붓다의 가르침일까

자유와 여유의 미학을

행운의 상징으로 딸에게

알려주고 싶다

누군가의 생명이 된다는 것
 – 바닷가에서 샛별 낳기

샛별이 햇빛 본 지 사흘째

젖을 찾아 헤맨다

희미한 시야로 안겨

엄마를 울며 찾는다

엄마 어딨어

엄마는 샛별이 안고 운다

배고프겠다 엄마 여깃어

울다가 울다가 힘껏 물어댄다

미끄러지고 더듬고 또 놓치고...

일주일 째 드디어 뽀얗게 동아줄이 보인다

아파도 이제 괜찮아

부둥켜 안고 울다가 웃는다

울애기

젖 먹던 힘으로 평생 잘 살겠다

애꾸눈 오토바이 택시 기사

웃는 모습이 참 선한 아저씨
전화번호를 묻고 단골이 된 것은 바가지를 안 씌워서였는데
필요한 대화는 서너개 뿐이라
더 큰 언어는 표정이어서
몇 년을 애가 아플 때나 급한 일 있을 때마다 언제고 우리
의 sos 수퍼맨이어서 가족 같았다
어린 딸은 세 살 즈음? 내가 허물 없이 대하니 아저씨의
다친 한 쪽 눈을 전혀 무서워 안하는게 내심 좋았다
번잡한 타운에서 쇼핑 중 별이가 안 보여 실신할 것 같았
을 때도 자기 손자 찾듯이 같이 해준 아저씨
말라빠진 할아버지였어도 애꾸눈이었어도 아저씨는 인간
을 사랑할 줄 아는 사람이었다
둘이 타기도 하고 어떤 때는 셋이 타고 아오낭과 끄라비
타운을 누비던 오토바이 택시
어린 별이는 할아버지! 하며 달려가 안긴 채 오토바이를
탔다
가끔 눈으로 애들에게 말했다
다 위하는 마음이 있으면 한 번 지나쳐도 가족이지 그런
게 되니까 태국이 참 살만해
해하는 마음이 없으면 가족인거지

태국이야기
 - 제임스에 대한 회한

아무도 깨우지 않는 아침을 스스로 열고

조그만 손으로 커피를 타서 엄마를 깨우는 아홉살 제임스

하교길에는 엄마와 동생을 위해 밥을 사 왔다

알파벳만 겨우 알고 몬테소리 국제학교에 가서 가장 먼저

적응해야 했던 것은 엄마 손보다 큰 거미들이었다

썽태우를 타고 중학생 형들이 권한 담배를 거절해 가며

만차 때도 가드에 매달려 당당히 학교를 잘 다니던 내 아

들 제임스

친구와 뜨거운 아스팔트를 한 시간 걸어서 무에타이도 배

우러 다니고 어느 때는 갓 태어난 동생 별이를 지키지 못

했다고 억울하게 엄마에게 맞기도 했다

베프 알렉스보다 영문법을 잘하고 잽보다 태국어를 잘 읽

어서 엄친아가 된 내 아들 착하기만 해서 친구가 많았다

어느 날 담임 선생님이 전화를 해서 초등학생은 엄마가

픽업을 안하면 위험하다고

한국식 교육이 그렇다고 사자처럼 살아남도록 아들을 키

운다는 말도 안되는 변명을 하고도 나는 미안해 하지 않

았다

너는 현재 가장이라며

그래서 중2병에 래퍼가 된다며 반항아가 되기도 했고 앞
으로도 얼마나 남았을지 모르는 원망이 있을 것이지만
그 때 태국의 제임스는 참 대단했다

*썽태우 : 사방이 뚫린 태국의 버스
* 제임스 : 태국은 본명이 길고 복잡해서 호적상에서만 쓰고 모두 별명으로 부른다.
(국제학교에서 쓰던 아들 주영의 영어 이름)

엄마같던 끄라비 쿤야이

미안해도 고마워도 도망치고 싶던 때가 있었다

타운에 집을 구하러 갈 때 부터
집주인 아주머니는 나를 유심히 보았다

이름은 쿤야이 알고보니 할머니란 뜻이었다
젊고 예쁜 중국계 자칭 할머니는 세를 반만 내라며 2층집을 내
주었다

이사간 날 부터 세 살 된 별이를 다오 다오 하며 매일 업어주었다

아들의 구겨진 교복을 보고는
다리미를 사다주며 다림질을 가르쳐 주고
다림질을 못하는 나를 보고 옷 다릴 때 전화로 당신을 부르라고
했다

아침을 거르지 말라고 수없이 말하며
아침마다 내가 깰까봐 닭이며 찰밥이며 과일들을 대문에 걸어
놓고 갔고

할아버지와 큰 이층집에 살며
종일 청소를 했다
아픈 허리를 호소하면서도 쓸고 닦는 일을 좋아하고 깨끗하게
유지되는 삶을 자부심으로 생각했다

가끔씩 놀러가 보면 먼지 하나 없는 집에 감탄하고 가지런한 정
원을 매일 가꾸고 또 치우는 두 분이 참 놀라웠다

퇴직한 부시장 할아버지는 청소하지 않는 시간에는 늘 책을 보고 있었고

할머니는 옆집 사는 나와 얘기하는 것이 낙이었다

집을 짓는 일을 하며 겪은 일들과 첫째로 태어나 평생 부지런히 살아온 이야기들을 눈시울 적셔가며 했다

방콕에 사는 아들 며느리 얘기도 종종 했는데,
며느리는 한국 사람이었고 손주를 애타게 기다리고 있었다

사무이로 이사를 가고도 종종 문자가 왔었다
가끔 전화로 안부도 묻고 처음에는 잊지 않으리라 했는데

사는 것이 그랬다. 어느 새 내 번호가 바뀌고 문득 생각을 했을 땐 너무 멀리 온 것 같아 미안하고 어색해서 다시 찾지 못했다

내 지난날들 중 가장 큰 어리석음은 너무 큰 마음을 받았을 때 늘 감당하기 힘들어 그 자리를 떠난 뒤 긴 시간 후회하며 그리워만 했던 것이다

이제는 알에서 나와 아프락사스에게도 저벅저벅 걸어갈 수 있을 것 같은데…….

2009 KIMJAEKWON

운명의 굴레를 벗어난 존재론적 서정

운명의 굴레를 벗어난 존재론적 서정

박종철(시인)

〈 1 〉

　자연히 돌아오고 저절로 돌아가는 자연의 섭리에 인생 행로가 안착하고 나서야 '네가/ 나를 잃은 것은/ 자연스럽게 선물이 되었다(「인연」)' 는 역설을 토해낼 수 있지 않았을까? 바람의 영향으로 나부끼며 살아가는 존재의 가벼움에 운수적 생기를 불어넣는 희망 찾기를 한번 따라가 볼 것이다.

「참을 수 없는 존재의 가벼움」으로 잘 알려진 밀란 쿤데라는 이런 말을 했다. "시의 목적은 놀랄만한 사고(思考)로 우리를 눈부시게 하는 것이 아니라, 존재의 한 순간을 잊히지 않는 순간으로 또 견딜 수 없는 그리움에 값하는 순간으로 만드는 것이다."라고.

이규진 시인이 첫 시집을 상재하는 자리에 필자가 어설프게 끼어든 것은 아마도 첫 독자로서 인연을 맺고 감상에 젖어보자는 심산이 작용했으리라고 본다. 작품 전체를 일별해 보고 느낀 인상은 등단작품에서 보여준 남성적 환유의 이미지가 시집 전체의 아우라로 감돌면서 개성적 면모를 잘 보여주는 의미영역의 확장에도 심혈을 기울였다는 반가운 생각이다.

그것은 자연 섭리라고 해야 할 모성적 여성성의 부드러운 면, 애틋한 연모의 정이 짙게 배어나서 그리움의 정서로 번져나갈 수 있었다는 것, 그리고 역설로 고양시킨 대범한 표현을 둘러싼 분위기에서 서사적 체취가 묻어나고 있다는 점 등이 감상자의 네트워크에 걸려들고 있다.

그런 측면에서 이규진 시인 역시 시인이란 희망 찾기를 숙명으로 삼는 존재임을 숨길 수가 없었던 것 같다. 이를 좀 더 객관적 시각으로 들여다보았을 때 운명의 굴레를 벗어나 낭만의 꽃을 피우고자 한 존재론적 서정의 꽃밭이 한 권의 시집으로 모아진 것을 알 수 있었다.

〈 2 〉

꿈과 운명의 숙취에서 깨어나는 순간의 환희가 사랑의 환한 빛으로 대낮을 비추는 동안 우리는 현실을 사는 것이라 할 수 있을 것이다. 사랑의 고향이 꿈이라고 해도 괜찮고 꿈의 고향이 사랑이라고 해도 괜찮지 않을까? 그런 만큼 우리는 사랑으로 살고 또한 꿈으로 살아간다.

이규진 시인의 이번 시집에는 유독 꿈과 사랑의 교감으로 이루어진 작품이 눈에 많이 띈다. 조금 신파적인 표현을 빌리자면 시인이란 숙명은 사랑에 약하고 꿈에서도 버림받기 일쑤라고 할 수 있을 것이다. 그래서 더욱 시인이 꿈과 사랑에 매달리는 것인지도 모른다.

먼저 꿈과 사랑을 품은 시 한 편을 살펴보기로 하자.

꿈을 꾼다.

잠시 앉아서도 신호등을 기다리며 또는 기다리다가도

그 길을 동시에 걷는다.

꿈꾸며 무의식은 기억도 없는 내게 꽃다발을 보내고 편지를 쓰고

다친 곳은 꼭 묶어준다.

흐린 길 지나와 현실을 살고부터 꿈을 적는다.

꿈에게 답장을 하고

무의식의 강에 사랑의 노래를 흘려 보낸다.

-「시 전문」

"사물의 미적 가치를 발견하고 발굴하는 시적인 꿈 - 그 비현실적인 것처럼 보이는 꿈이 새로운 현실을 창조하는

동력이라는 데 이의를 제기할 수는 없을 것이다."라고 정현종 시인이 토로한 바 있다. '비현실적인 것처럼 보이는 꿈'은 삶의 근원인 무의식에 깊숙이 내장되어 있다가 시적인 계기를 만나면 '새로운 현실을 창조하는 동력'으로 작용한다는 것을 이규진 시인의 시에서도 확인 할 수 있다. 꿈과 현실로 분리돼 있던 존재의 합일을 이루는 순간으로 포착되는 것들이다. 바로 무의식에서 깨어남이요 눈부신 존재의 현실이 되는 '꽃다발'과 '편지'와 '사랑의 노래'로 떠오르고, 이들을 통해 꿈결 같은 세월의 강으로 흘러 삶의 바다에 이르는 길이 열리고 있는 것이다.

'흐린 길 지나와 현실을 살고부터 꿈을 적는다'고 한 시인의 길이 열렸기에 '꿈에게 답장을 하고/무의식의 강에 사랑의 노래를 흘려 보낸다'고 고백할 수 있는 일이다.

또한 다른 여러 편의 시에서도 한 부모에게서 태어난 형제와 같은 터울로 사랑과 꿈을 품은 현실 창조의 연결고리가 있음이 발견된다. 그것은 바로 '그리움'이라는 사랑하지 않을 수 없는 존재에 대한 향수다. '끝없이 마음의 비처럼 그리움이 내린다(「내 마음의 우기」)로부터,'그리움이 타 들어간 산천이 울고(「이별」)', '비 맞지 말라고/그리움에 울지 말라고(「당신의 우산」)', '쏟아지는 빗소리는/한 무더기 그리움(「숙취」)', '그리움이 내린다며/소주병 안으로 들어가던/친구가 그립다(「어느 사무원의 랩서디」)' 등, 사무치는 그리움의 변주랄까, 비가 내리는 동안에는 속수무책인 채 꿈길이 열리길 갈망하다가 어느 순간 새로워진 생명과 에너지로 차오르는 꿈같은 현실과 마주하게 되는 것이리라.

〈 3 〉

어쩐지 지금까지의 시 읽기가 다분히 몽환적인 흐름에 취해 있지 않았나 하는 생각이 든다. 그것은 이규진 시인의 여러 편의 시에서 유독 술과의 인연 설화적 서사가 많이 등장하기 때문일지도 모르겠다.

"술만큼 글쓰기에 방해가 되는 것도 없다. 술만큼 글쓰기에 도움이 되는 것도 없다. 자정에 술이 떨어진다는 건, 그 시각에 옛 애인이 한 오 년 만에 집 앞에 나타나 전화를 걸어오는 것과 전혀 다름이 없는 사태다."

이영광 시인의 산문집에서 읽었던 기억을 더듬어 보았다.

시인이 술과 친교를 맺지 않은 경우는 드물다고 할 만큼 시인들의 술 사랑의 에피소드는 많다. 그래서일까, 이규진 시인 역시 술 애호 실력이 글쓰기의 실력과 병행하지 않나 할 만큼 술을 가까이 하고 있을 것 같은 흔적을 많이 남겼다. 다음 작품을 한번 읽어보기로 하자.

비 많이 오는 날은 아침부터

원두막에서 막걸리를 마십니다.

어쩌다 그녀와 단둘이서 마실 때도 있습니다.

비는 그치지 않고 우리 사연도 목을 타고 넘어가는 술 따라 이
어집니다.

천둥이 칠 땐 그녀가 깜짝 놀라 기댑니다.

나는 재빨리 릴케를 이야기하거나 술을 마십니다.

꼭꼭 숨겨왔던 여러 추억을 비만 오면 실타래처럼 풀어 놓습니다.

하지만 정작 내 마음은 말 할 수가 없군요.

무섭게 비가 오는 날 아무 말도 들리지 않을 때나 살짝 말해야
겠습니다.

말귀 어두운 그녀는 되묻겠지만 반복은 사절이라고 미리 말하
면 됩니다.

원두막 막걸리는 천상의 열매로 빚은 듯합니다.

비 때문인지 그녀 때문인지 혹은 취해서일지도 모릅니다.

　　　　　　　　　　　　　　　　　-「원두막 소나타」, 전문

비 오는 날에 잘 어울리는 광경을 묘사한다면 아마도 원
두막에서 막걸리를 마시며 인생살이든 세상살이든 빗줄

기 따라 흘러나오는 하소연을 주고받는 장면이 제격일 것이다. 귀를 기울이는 것은 빗줄기요 천둥일 것이며 서리꾼 악동들은 물론 멧돼지들도 범접할 수 없는 자연의 호위 속에서 무애한 자유를 누릴 수 있을 테니 말이다. 따라서 빗줄기 따라 하염없이 이어지는 사연을 안주 삼아 막걸리를 마시는 맛이 일품을 넘어서 천상의 열매로 빚은 감로주 맛이었으리라는 추측을 해 볼 수 있다.

그렇다면 '재빨리 릴케를 이야기'한 배경은 무엇일까? "인생을 꼭 이해할 필요는 없는 것이다/그냥 내버려두면 축제가 될 것이다'고 한 라이나 마리아 릴케의 「인생」이라는 시의 한 구절이 대비된다. 그리고 '하지만 정작 내 마음은 말 할 수가 없군요'라고 한 비밀스런 마음의 사념에는 "술은 입으로 들어오고/사랑은 눈으로 들어오니/우리가 늙어서 죽기 전에/진리로 알 것은 이것 뿐'이라고 기염을 토한 예이츠의 「술 놀이」이 노래가 뒷받침 해준다.

서정시를 서사적으로 풀어나갈 때는 주로 고백의 형식을 취한다는 것은 잘 알려진 기법이다. 여기에 음악의 한 형식인 소나타와 결부될 때는 그 미적 감흥이 더욱 고조되는 것을 느낄 수 있다고 하겠다. 이규진 시인의 자연친화적 취흥에는 대체로 비 또는 소나기를 동반하면서 그리움의 정서로 사랑의 꿈결을 이루고 있음이 시인의 품격을 아름답게 한다.

그러한 예를 들어보면, '최고의 소풍/해후의 강을 지나/ 탯줄처럼 아직도 나를 감고 있는/사랑과 연민과 인연의 장면들을/모든 상상의 수만큼 지나온 날들(「꿈과 꿈」)' 이 그렇고, '사는 것이 벅찬 광경이고/있는 곳이 더 절경 인 것을/보고도 모르고 살아온 것이/참 낯설다(「눈이 부 신 날」)'고 한 구절, 그리고 '죽음을 직면하는/고독과 순 결의 결정차를 마셨고/같은 날을 살아냈다(「슬픈 신화」) '고 한 고백적 진술은 삶의 전체와 부분이 숨고르기로 단 절되었다가 연결되면서 희망과 절망을 원융으로 표현한 만다라이면서도 이를 다시 흔적 없이 나는 새처럼 날려 보내고 있음을 감지할 수 있다.

〈 4 〉

이규진 시인에게 태국은 분명 타국이지만 한동안 모국 같은 세상을 살았다고 생각된다. 이 타국 살이 체험이 고 스란히 의식 깊숙이 자리하고 있다가 한 단원으로 모아졌다. 시간 너머의 세상에 대한 기억들로 떠올라 삶의 소중한 앨범으로 남기고자한 시 편들이 머나먼 남쪽나라의 향수 를 불러일으키기에 손색이 없다.

"시간 너머의 세상에 대한 이 순간적이고도 끝없는 수용 속에는 구원이 자리 한다. 우리가 태어나면서 잃어버린

고결함과, 세속적인 사랑이 앗아갈 수 있는 즐거움이 오
직 그 세상에만 존재하기 때문이다."마르셀 프루스트가
추억의 향기를 담아 남긴 말이다. 태국에서 사는 동안의
중심적 체험을 간직한 시「끄라비의 추억」을 읽어 보자.

내 두 번 째 출산은 그랬다.
이미 대못을 박고 낯선 땅으로 가서
산파를 찾아야 했다.

끄라비를 만삭으로 누비고 다니며
두려움도 모른 채 즐거웠다.

예정일에 맞춰 만반의 준비를 하고
큰 애처럼 5분 만에 낳으리라
기다리던 어느 날
닥터 쿤딱을 만났다.

거꾸로 누워 노는 별이를 발견하고
바로 수술대 위에서 잠들었다 깨어
갓 나온 별이를 안았다.

아이는 젖줄을 틔우려

1주일을 고군분투 했고

아름다운 오지에서 아들과 나와 별이는

같은 옷을 입고 돌잔치 상을 차렸다.

- 「끄라비의 추억」전문

'끄라비는 태국 남쪽 끝에 있는 청정지역으로 지정된 섬'이라고 주(註)를 달아 놓은 것을 보면 자연 환경이 쾌적하고 살만한 곳이라는 것을 알 수 있다. 그러나 경관이 뛰어나고 아름다운 오지일수록 낯선 시선이 많이 스쳐지나가며 스산한 기압골이 조성되어 있기 마련이라는 것을 염두에 둔다면, '만삭으로 누비고 다니며/두려움도 모른 채 즐거웠다'고 한 것은 일상의 모험을 모성적 본능의 힘으로 개척해 나갔다는 고백임을 알 수 있다.

출산과 육아의 버거운 짐을 지고 타국에서 생활전선의 첨단을 누빈다는 것은 숭고하고 자애로운 모성적 힘이 아니고는 어려웠을 것이다. 낯선 태국생활의 적응에는 여성성의 부드러움과 따뜻함으로 특유의 친화력을 발휘했다는 것에 다름 아니다. 「어쨌든 하루도 사랑을 쉬지 않았다」고 했고, '아무 경계 없이 나를 사람들에게 내어놓은 것/그것이 태국 사람들의 마음을 얻게 했고'라고 겸허한 마음으로 토로 하고 있다.

이국에서의 온정과 사랑으로 승화시킨 짧지 않은 동안

의 추억이 고스란히 맺혀있는 아름다운 풍경은 생애의 보배로 남게 될 것이다.

〈 5 〉

서두에서 필자는 시 쓰기가 '바람의 영향으로 나부끼며 살아가는 존재의 가벼움에 운수적 생기를 불어넣는 희망 찾기'라고 운을 뗀바 있다. 문학평론가 황현산은 「우물에서 하늘 보기」에서 이렇게 그의 견해를 밝혔다.

"시 쓰기는 끊임없이 희망하는 방식의 글쓰기다. 다른 말로 하자면, 시가 말하려는 희망은 달성되기 위한 희망이 아니라, 희망 그 자체로 남기 위한 희망이다. 희망이 거기 있으니 희망하는 대상이 어딘가에 있다고 믿는 희망이다."희망이 중첩되어 있으니 희망의 그림자가 따라 붙는 듯한 표현이다. '운수적 생기를 불어넣는 희망찾기' 나 '희망하는 대상이 어딘가에 있다고 믿는 희망'이 같은 맥락으로 읽히면서 운명이 감성에 녹아들어 아름다운 꽃을 피우는 것이야말로 운명을 승화시키는 참다운 모습일 것이라는 생각을 해본다.

이규진 시인이 상재하는 첫 시집에서 어쩌면 운명적인, 그러면서 희망 찾기에 멈추지 않을 모습을 발견할 수 있었다고나 할까? 이번에 보여주는 시들은 모두에서 언급

한 대로 남성적 환유의 이미지가 든든한 바탕을 이루면서 개성적 면모를 잘 드러내는 꿈과 사랑의 영역이 확장되어 감성의 꽃을 피우고 있고, 모성적 본능의 힘으로 개척해 나간 이국체험에서는 여성성의 부드럽고 애틋한 연모의 정이 그리움의 정서를 더욱 고조시키고 있음을 보았다.

따라서 첫 시집에서는 운명의 굴레를 벗어난 존재론적 서정의 꽃을 피웠다면, 앞으로 이규진 시인에게 희망 찾기의 대상은 풍부한 이미지로 다양한 모습을 드러내며 의미론적 변용의 꽃을 피우고자 달려올 것이니 이들을 더욱 옹골찬 필력으로 맞이해야 할 것이다.

이규진 시집

시인이란 날개를 달고

초판인쇄　2020년 11월 30일
초판발행　2020년 12월 20일

지 은 이　이규진
펴 낸 이　김한창
펴 낸 곳　도서출판 바밀리온
주　　소　전주시 덕진구 기린대로 359, 2층
전　　화　(063)255-2405
팩　　스　(063)255-2405

출판등록　제2017-000023
이 메 일　kumdam2001@hanmail.net

인　　쇄　새한문화사
주　　소　(10881)경기도 파주시 광인사길 211-2

ISBN 979-11-90750-07-3
정 가 14,000원

이 도서의 국립중앙도서관 출판예정도서목록(CIP)은 서지정보유통지원시스템 홈페
이지(http://seoji.nl.go.kr)와 국가자료종합목록 구축시스템(http://kolis-net.nl.go.
kr)에서 이용하실 수 있습니다. (CIP제어번호 : CIP2020047666)